# Ces voix venues de l'au-delà

Jean Riotte

# Ces voix venues de l'au-delà

*Préface du père François Brune*

Albin Michel

*A mon petit-fils*
*dont la génération inclura*
*la survie et les valeurs spirituelles*
*dans ses connaissances et son évolution.*

Ceux à qui les choses « arrivent » peuvent appartenir à deux catégories différentes. Les uns peuvent considérer ces événements comme normaux et naturels, les autres comme monstrueux et comme une insulte à leur intelligence. Les uns répondent à l'événement de toute la sincérité de leur être, les autres de toute la petitesse de leur moi. Ces derniers ont une explication pour tout, sauf pour l'inexplicable et, lorsqu'ils ne peuvent expliquer le phénomène, ils considèrent qu'il n'est pas digne de leur attention. Ces gens-là ont un parent dans le règne animal : il se nomme l'autruche.

HENRY MILLER

# Préface

Imaginez qu'un jour, écoutant de la musique sur votre poste de radio, tout à coup une voix s'adresse à vous, vous appelant par votre nom et votre prénom, une voix que vous pouvez reconnaître comme étant celle de votre enfant « disparu » dans un accident, ou celle de votre mère, de votre femme, de votre mari, « mort » depuis longtemps. Imaginez que cette voix vous dise que désormais des contacts avec vous seront possibles sur un magnétophone, ou que, depuis l'au-delà, ce « mort » pourra vous envoyer son image sur votre écran de télévision. Quel choc ! Vous en seriez tout abasourdi. Mais, sans doute, prisonnier de toute notre culture ambiante, bientôt vous ressaisiriez-vous pour refuser de basculer dans l'absurde. Tout cela est impossible ! Je rêve, il s'agit sûrement d'une mauvaise plaisanterie.

Et pourtant ! Si vous saviez !

Je suis heureux de présenter ce livre parce que je crois qu'il peut contribuer beaucoup à la diffusion d'une découverte encore récente et absolument fantastique ; une découverte qui devrait changer complètement nos rapports avec la mort et donc avec la vie. Tous, nous serons confrontés un jour avec la mort. Nous assisterons, impuissants, au départ d'un être cher, puis d'un autre, d'un autre encore, jusqu'à ce que, finalement, notre tour vienne aussi de faire le grand saut dans l'inconnu. À chaque disparition ce sont des vies brisées, des parents complètement détruits, des femmes ou des maris qui survivent comme des zombies. J'ai rencontré tant de ces morts-vivants, au cours d'innombrables congrès à travers le monde !

Les grandes religions parlent bien de survie mais, il faut en convenir, depuis quelque temps leur discours manque un peu de conviction. Nos textes liturgiques, dans l'Église catholique, sont même souvent pleins d'incohérence. Parfois, on nous dit que nos morts sont désormais « dans la main de Dieu », à d'autres moments, on nous invite à prier pour eux afin de hâter la fin de leur « purgatoire » et, finalement, on leur souhaite de reposer en paix en attendant la résurrection, au « dernier jour ». Comme s'ils allaient dormir sous la dalle pendant des siècles jusqu'à ce qu'arrive enfin l'éternité ! « Ici repose Untel », « Ci-gît Untel » !

Les tombes sont vides. « Ici » ne reposent que de vieux vêtements, des restes de chrysalides. Mais les papillons, eux, se sont envolés depuis longtemps. On ne « met en terre » personne. Les morts ne vont jamais dans nos caveaux. Ils n'ont rien à y faire.

Depuis toujours, d'innombrables signes ont été recueillis, qui semblent confirmer que la vie continue pour ceux qui nous ont quittés. Des messages ont été reçus par différents moyens, qui paraissent provenir vraiment de nos morts, vivant maintenant dans une autre dimension.

Oh ! je sais, un discrédit général continue à peser sur toute prétention à communiquer avec l'au-delà, et je vais faire hurler tous nos rationalistes matérialistes. Ils veillent aux frontières du surnaturel pour en interdire l'accès aux autres. De quel droit, vont-ils dire, ai-je l'audace de me mêler d'un domaine qui ne regarde que la science ? Or, la science est formelle : lorsque telle partie du cerveau d'un individu est détruite, il se trouve aveugle ; une telle autre est atteinte ? le malade est sourd ; telle autre encore ? il est paralysé, ou amnésique... Lorsque tout le cerveau est anéanti, il ne reste nécessairement plus rien d'une conscience humaine. L'homme est entièrement détruit ; il ne reste plus rien de lui. D'ailleurs, me diront ces rationalistes, les théologiens eux-mêmes, dans leur grande majorité, reconnaissent aujourd'hui cette évidence. Ce qu'ils essaient de maintenir, en tant que croyants, c'est qu'à la fin des temps Dieu nous ressuscitera, corps et âme. Ils n'enseignent plus aujourd'hui, comme ils l'ont fait pendant tant de siècles, toujours avec la certitude de ne pas se tromper, la survie d'une âme immortelle qui attendrait avec un peu d'impatience la résurrection de son corps. Non ! La nouvelle mode théologique, c'est qu'à la mort nous ne subsistons plus que dans la pensée de Dieu, mais qu'à la fin des temps Dieu nous fera ressurgir tout entiers, corps et âme. Inutile donc, en attendant, de penser à nos morts et même de prier pour eux, à moins qu'on ne considère nos prières comme une sorte de petit capital qu'ils trouveront tout amassé pour eux, à leur résurrection, comme un prisonnier trouve parfois un petit pécule à sa sortie de prison.

Cependant, quant on lit la vie des saints, on s'aperçoit que presque tous ont reçu des saints morts avant eux quantité de preuves de survie. Les saints « morts » se manifestent à ceux en voie de sanctification sur terre par des apparitions, des paroles intérieures, des guérisons, des aides matérielles de toutes sortes. Il ne s'agirait donc que d'hallucinations ? Pourtant, ces morts comme ces vivants ont été souvent des fondateurs d'ordres religieux, des gens remarquablement organisés et bien les « pieds sur terre », même s'ils avaient la tête au ciel.

D'ailleurs, affirmer qu'il ne reste plus rien d'un homme parce qu'on ne voit plus rien de lui, c'est considérer comme acquis, comme évident, que n'existe que ce qui tombe sous nos sens. Rares seraient aujourd'hui les scientifiques qui oseraient engager leur autorité sur une telle affirmation. À l'époque où l'on pense que la plus grande partie de la masse de l'univers nous reste invisible, où les particules ne sont plus que des ondes et où l'on nous parle de l'énergie du vide, disons que ces théologiens et ces rationalistes en sont demeurés au « scientisme » du dix-neuvième siècle. Au début de ce nouveau millénaire, cela commence à leur faire deux siècles de retard !

Mais comment puis-je, moi, être aussi affirmatif en sens contraire ?

C'est qu'en dehors même du témoignage très précieux de tant de saints, en dehors même de ce que l'Église avait enseigné pendant tant de siècles, nous avons depuis longtemps, depuis toujours, quantité de signes de la survie immédiate après la mort. Au cours des derniers siècles, plusieurs savants de grand renom avaient même consacré à l'étude de ces signes une grande partie de leur temps et ils y avaient déployé la même rigueur scientifique que pour leurs autres travaux. Des gens comme l'astronome Flammarion, le physicien et chimiste William Crookes, le colonel Albert de Rochas, administrateur de l'École polytechnique, Charles Lancelin, Sir Oliver Lodge, Charles Richet, prix Nobel de médecine, William James, professeur de psychologie et de philosophie à l'université de Harvard, Edison, l'inventeur de l'ampoule électrique et des premiers phonographes, Marconi, qui a établi les premières communications radio...

Mais il est vrai que leurs travaux n'avaient pas obtenu la reconnaissance nécessaire pour faire reculer le matérialisme dominant. Loués, admirés universellement pour leurs découvertes dans la mesure où elles avaient des applications directes dans notre monde matériel, leurs recherches sur le monde des esprits étaient passées sous silence comme s'il s'agissait de faiblesses un peu honteuses.

Depuis quelque temps, cependant, et paradoxalement, au fur et à mesure que les théologiens abandonnaient la croyance en la survie immédiate, les signes tendant à prouver celle-ci se multipliaient, comme pour rétablir l'équilibre des influences où notre liberté peut se déployer.

Je veux parler d'abord de ces expériences aux frontières de la mort de gens que l'on avait crus morts et qui sont revenus à la vie de ce monde, spontanément ou grâce à nos techniques modernes de réanimation. Nous avons aussi maintenant des rapports sur des cas semblables, vécus hors de nos cultures occidentales[1], et certains, même, bien avant la publication des premières études sur ce sujet[2].

Nous avons également des études sérieuses menées sur des cas de personnes qui étaient aveugles au moment où elles ont fait cette expérience de sortie du corps. Certaines voyaient alors pour la première fois, d'autres retrouvaient une vue qu'elles avaient perdue depuis longtemps. Une vision qui est d'ailleurs encore plus précise que la nôtre et beaucoup plus étendue, mais une vision quand même, qui leur permet, après

1. Karlis Osis et Erlendur Haraldsson, *Ce qu'ils ont vu... au seuil de la mort*, Éditions du Rocher.

2. Giorgio Fonso, « Sette casi di NDE in paesi musulmani : testimonianza e analisi », dans *Visioni oltre il reale*, Atti del 2 °Congresso Internazionale di studi delle esperienze di confine, San Marino, p. 37-40.

avoir retrouvé leur existence terrestre et leur cécité, de faire une description précise et vérifiable de ce qu'alors ils ont pu observer[1].

Parallèlement à ces expériences et à ces recherches, un phénomène extraordinaire s'est développé depuis quelques années, dans le monde entier : un peu partout, on reçoit sur de simples magnétophones des voix qui s'adressent à nous en nous appelant par nos noms, faisant référence à des souvenirs précis de notre passé ou faisant allusion à ce que nous venons de faire ou de dire comme si quelqu'un d'autre, que nous ne pouvions pas voir, avait été là, près de nous. Des images apparaissent sur des écrans de télévision, souvent un peu floues mais parfois aussi très nettes et faciles à reconnaître ; des textes se trouvent remplacés par d'autres, directement par l'imprimante d'un ordinateur, sans rien changer dans celui-ci ; la voix du speaker, à la radio, s'interrompt soudain pour faire place à une autre voix, qui s'adresse directement à l'auditeur.

Ces phénomènes extraordinaires, je ne les invente pas, comme ça, au hasard. J'en ai eu le récit directement des personnes auxquelles cela était arrivé. Je les ai suffisamment approchées ainsi que leur entourage pour être personnellement convaincu de leur honnêteté. D'ailleurs, tous ces phénomènes se sont maintenant tellement développés qu'ils font l'objet de recherches systématiques. J'ai assisté à quantité d'essais de communication avec l'au-delà, à travers le monde. J'ai participé à bien des congrès en divers pays[2]. Je connais les risques

---

1. Kenneth Ring et Evelyn Elsaesser-Valarino, *Lessons from the light*, Reading, Mass., Perseus Books, chapitre 3 ; en français, voir Ian Wilson, *Enquête aux frontières de la mort*, Éditions Exergue, p. 115-122.

2. Voir, par exemple, le compte rendu du congrès international de Toluca, au Mexique, par Didier van Cauwelaert, dans le *Figaro Magazine*, du 15 avril 2000.

d'erreurs, les problèmes d'interprétation... comme d'ailleurs tous les chercheurs scientifiques qui se sont penchés sur le problème et auprès desquels j'ai puisé toutes mes informations. Ce sont des phénomènes complexes, sans doute, et nous n'avons peut-être pas uniquement affaire, à chaque fois, à des communications avec nos « morts », vivants dans l'au-delà.

Mais enfin, le fait est là. Dans la plupart des cas, si l'on examine attentivement toutes les circonstances, la seule interprétation rationnelle qui tienne, c'est bien d'admettre que nous avons d'authentiques contacts avec ceux que nous ne voyons plus mais qui vivent dans une autre dimension et viennent parfois nous visiter.

Nombre de livres ont paru sur la question en de nombreuses langues. Il y a même maintenant des revues spécialisées sur ce sujet, des associations en plusieurs pays. Et pourtant, malgré tous ces efforts, cette découverte fantastique reste pratiquement confinée à quelques initiés. La pénétration dans le « grand public » reste très faible. Les chaînes de télévision, la plupart du temps, n'abordent le sujet que sous l'angle de la dérision. Le contraste entre une découverte aussi fantastique et la maigre diffusion obtenue a quelque chose d'absolument scandaleux. Il s'agit pourtant de quelque chose de bien plus important que la bombe atomique ou à neutrons — qui ne sont que des engins de mort —, de plus important que n'importe quelle découverte médicale — ne concernant que la prolongation de cette vie qui, de toute façon, un jour finira. Il s'agit ici de notre éternité, de la preuve que nous avons, peu à peu, que notre vie continue immédiatement, à travers la mort, sans interruption aucune, n'en déplaise à nos nouveaux théologiens ; et sans perte de notre identité, n'en déplaise cette fois à certaines philosophies orientales.

Je veux bien admettre que les études scientifiques ne

soient pas encore suffisantes, bien que les résultats déjà obtenus ne soient pas sans intérêt. On a repéré, par exemple, que souvent, mais pas toujours ni de façon constante, la fréquence de ces voix peut atteindre 4 000 et même presque 6 000 hertz. Le plus extraordinaire étant qu'à l'oreille ces voix restent dans les limites les plus habituelles, comme si elles ne dépassaient pas les 100 ou 200 hertz. Le célèbre contre-fa de la Reine de la Nuit dans *La Flûte enchantée* est à 1 400 hertz ! Il semble aussi, d'après plusieurs études menées en divers pays, que souvent, mais pas toujours, les fréquences fondamentales soient absentes, ce qui tendrait à prouver que ces sons ont été émis sans cordes vocales. D'autres études techniques se sont portées plutôt sur le choix des mots, sur le rapport consonnes/voyelles, ou sur la syntaxe souvent un peu particulière des messages reçus. Cependant toutes ces recherches ne font encore que confirmer le caractère paranormal de ces phénomènes, quand ils sont authentiques, et ne nous permettent encore absolument pas de comprendre comment nos chers « disparus » peuvent s'y prendre pour les produire. Reconnaissons d'ailleurs que toutes ces méthodes d'investigation scientifique ne suffisent jamais, à elles seules, pour prouver qu'il y a eu ou qu'il n'y a pas eu illusion, confusion ou même fraude. C'est pourquoi, en ce domaine comme dans tous les autres, je n'essaierai pas de le dissimuler, les recherches progressent dans un climat de suspicion, d'accusations fort pénibles mais sans doute inévitables. On retrouve la même situation dans les études sur les expériences aux frontières de la mort, où il n'est pourtant question que d'amour inconditionnel. Les querelles sont aussi vives dans les cercles qui s'intéressent aux ovnis et aux extraterrestres. Je préfère par pudeur, on le comprendra j'espère, ne pas évoquer les querelles avec les Églises, d'autant plus que je viens moi-même d'exprimer assez nettement mes réserves à propos de certains théologiens. J'ajouterai encore que, d'après certains messages de l'au-delà, les premiers niveaux dans l'autre monde ne me paraissent pas toujours plus sereins. Je souhaite seulement que les discussions, inévitables et même nécessaires, se fassent toujours dans le respect des autres.

Si je m'en tiens donc à mon expérience, il me semble que les preuves les plus solides que nous puissions avoir d'une telle communication avec nos chers « disparus » sont à chercher dans la teneur des contacts et les circonstances qui les entourent. C'est là que l'apport du témoignage de mes amis Jean et Éliane Riotte me semble absolument capital. Je suis très heureux qu'une grande maison d'édition, non spécialisée, ose enfin rendre cette découverte fantastique accessible à un large public.

Le témoignage que vous allez lire ici est authentique. Je peux vous l'assurer. J'ai entendu moi-même la plupart des voix dont il est question dans cet ouvrage. Elles sont parfaitement audibles. Ce ne sont pas de simples murmures où l'on pourrait distinguer n'importe quoi. Il n'y a aucune tricherie. J'ai suivi depuis plus de dix ans ce long chemin où mes amis, parmi les tout premiers chercheurs en France, se sont engagés. J'ai partagé leur joie et, bien souvent, leur émerveillement. L'auteur de cet ouvrage s'est limité à ce que lui-même et son épouse avaient personnellement reçu de leur fils passé dans l'au-delà. Il ne s'agit donc, pour l'essentiel, que de voix enregistrées sur magnétophone. Mais je dis bien « pour l'essentiel », car ces phénomènes ne s'en tiennent presque jamais à un seul mode de manifestation. Vous découvrirez donc aussi, au passage, un cas de voix reçue par le haut-parleur d'un poste de radio, une image aperçue quelques instants sur la vitrine d'un meuble, un visage qui a trouvé moyen de se manifester sur une simple photo...

Mais l'ouvrage que vous avez en main apporte encore quelque chose qui me paraît tout à fait nouveau. Ce n'est pas seulement un témoignage. Ici, chaque cas, chaque contact avec l'au-delà est accompagné d'une étude détaillée sur les circonstances qui l'ont entouré et d'une réflexion sur les autres explications auxquelles on pourrait penser. Je crois que cela n'avait encore jamais été fait, du moins pas de façon aussi approfondie, systématique. Or, cela est très important car, bien souvent, ces messages ordinairement très brefs ne prennent tout leur sens que grâce aux circonstances qui les entourent. C'est même ce qui rend tout essai de confirmation par d'autres moyens, plus techniques, totalement inutile, du moins pour ceux qui ont reçu eux-mêmes ces voix. Bien sûr, ils savent bien qu'ils n'ont pas triché, mais très souvent il leur faut quand même un certain temps pour oser croire à l'incroyable. Ils se font spontanément à eux-mêmes quantité d'objections. Il leur vient à l'esprit bien d'autres hypothèses et cela est tout à fait normal et même très sain. L'auteur montre ici comment il a réagi lui-même devant chacun de ces phénomènes, éliminant peu à peu par le raisonnement toute autre interprétation possible pour en arriver à la conclusion qu'il s'agissait bien chaque fois d'un contact authentique avec le fils disparu. L'aventure n'est d'ailleurs pas terminée. Les contacts continuent.

Ce livre vous indique aussi en détail, parmi toutes les techniques possibles, comment son auteur a procédé, selon les méthodes les plus simples et finalement les plus efficaces, avec peu de technique et beaucoup d'amour. Peut-être cela vous aidera-t-il à tenter un jour la même recherche lorsqu'une séparation vous atteindra. Je vous souhaite alors d'éprouver à votre tour cet étrange et bouleversant sentiment de présence si intense dont parlent tous les expérimentateurs : « J'étais seul dans la pièce avec mon appareil. Il n'y avait personne, ni aucun bruit. Et pourtant, la voix est là ! »

Enfin, des réflexions sur les travaux scientifiques les plus avancés permettent d'entrevoir comment effectivement une vie dans d'autres dimensions que la nôtre n'a plus aujourd'hui rien d'absurde. En quelques pages, le lecteur trouvera ici une synthèse particulièrement accessible qui lui permettra de comprendre qu'en admettant le témoignage de l'auteur (et d'autres chercheurs), il n'est pas invité à quitter la pensée rationnelle mais seulement à élargir sa vision de l'univers. On ne lui demande pas de rompre avec toutes les connaissances scientifiques accumulées depuis des siècles, mais seulement de tenir compte des découvertes récentes les plus avancées.

Un jour, sans doute, tout cela paraîtra banal. Ces communications se seront tant multipliées qu'elles seront devenues une évidence. Alors, bien sûr, les hommes continueront à mourir et ceux qui devront rester sur cette terre pour un temps encore continueront à souffrir de cette séparation momentanée, mais la mort ne sera plus la même.

Puisse ce temps venir bientôt, le plus vite possible. Je crois que vraiment ce livre peut y contribuer.

Père François Brune

# Avant-propos

Que tous ceux qui ont perdu un être cher cessent de désespérer.

Cet ouvrage n'a pas d'autre objet que de leur redonner force et courage, en leur révélant la réalité démontrée de la survie.

Oui, nous avons aujourd'hui la preuve concrète, matériellement indiscutable, que la vie de nos disparus se poursuit, avec leur personnalité intacte. Mieux, leur amour pour nous qui les avons tant aimés et continuons de les chérir est et reste intact, voire plus fort et serein qu'auparavant, car dégagé de tous les soucis et obligations qui envahissaient leur quotidien.

Comment avons-nous appris cela ?

Parce qu'ils nous le disent, tout simplement, en direct, dans des réponses ou messages dont notre magnétophone garde, ô bonheur ! la trace par enregistrement complet, et dont nous gardons en même temps la preuve irréfragable et indélébile.

Révolution ?

C'en est une assurément, bien que de grands scientifiques et philosophes l'aient prédit de longue date, certains qu'ils étaient de la réalité de la survie de notre âme, de notre être. Depuis Socrate et Platon en passant par Léonard de Vinci, Goethe, Victor Hugo, Camille Flammarion, Gabriel Marcel et tant d'autres, tous en étaient convaincus et osaient l'affirmer. Parmi les plus proches, deux des plus grands génies scientifiques de notre temps, Edison et Marconi, ont, chacun de son côté, proclamé la survie de nos disparus malgré ce que nous appelons improprement leur mort. L'un comme l'autre ont même affirmé, vers 1920, qu'un jour prochain les progrès de la science nous permettraient de fabriquer des appareils aptes à recueillir les paroles de nos aimés. Ils ajoutaient que ceux-ci tentent constamment de se faire entendre de nous et attendaient ce tournant technique et historique avec fébrilité.

Ce moment est venu, cette prédiction des plus intuitifs et des mieux éclairés s'est aujourd'hui réalisée. J'en ai moi-même été et j'en suis encore aujourd'hui le témoin ébloui et l'acteur tout à la fois. Et cela, suite au drame terrible qui, en 1988, m'a douloureusement frappé comme tant d'entre nous le sont chaque jour, par la perte d'un fils magnifique de 30 ans à qui le destin semblait réserver le meilleur de cette vie.

C'est pour redonner courage à tous ceux qui désespèrent et dénient désormais tout sens à leur vie, ainsi qu'à l'existence en général, que je me suis résolu à écrire cet ouvrage. J'y livre l'extraordinaire révélation de l'expérience vécue jour après jour depuis onze années, par mon épouse et moi-même.

Je dois ajouter ici un mot destiné à persuader ceux qui, ne me connaissant pas, pourraient douter de mon sérieux, de ma bonne foi, ou peut-être même de ma santé mentale. À cet égard, je pourrais être tenté d'évoquer la profession très officielle et respectable que j'ai continué à exercer durant ces dernières années — il y a peu encore — avec la probité et la délicatesse qu'elle impose. Mais elle est totalement étrangère à l'objet de cet ouvrage. Alors je vous dirai plutôt ceci : ma pratique et mes résultats en transcommunication expérimentale au cours de ces dix années consécutives à mon drame personnel ont été étudiés et contrôlés pas à pas par un ami cher, dont on connaît les qualités éminentes d'érudition, d'honnêteté et de rigueur : le père François Brune.

François Brune est le premier historien et révélateur en France de la transcommunication instrumentale (TCI). Il en est, par ses conférences et interventions constantes en France et dans le monde, sur les médias, le plus ardent ambassadeur. Les six langues contemporaines que cet être généreux et modeste pratique couramment en plus de sa langue natale — indépendamment de neuf langues mortes, si je n'en oublie pas — facilitent encore cette diffusion.

Je lui ai grande reconnaissance de m'avoir révélé, à un moment tragique de mon existence, une technique dénuée de fantaisie et aux résultats palpables. Également de m'avoir mis en relation avec Monique Simonet, l'admirable pionnière désintéressée de cette technique en France. Une technique qui allait bouleverser ma vie et lui restituer son sens véritable. Et ceci contre toute opinion mécaniste ou matérialiste à la mode.

Ma belle-fille Sophie, quoique éloignée, a suivi de près beaucoup de nos expériences, les interrogations et les révélations qu'elles nous réservèrent. Des amis ou des relations amicales ayant bien connu notre Pascal, dont j'évoquerai les interventions au cours de ce récit, ont également suivi, vécu et identifié avec enthousiasme les manifestations enregistrées.

Mon expérience vécue, dont cet ouvrage est l'exact témoignage, s'avère, selon François Brune, édifiante et révélatrice à un double titre. Elle est d'abord encourageante et peut-être exemplaire en raison de l'identification et de la précision croissante des messages reçus. Mais elle l'est aussi en raison de la signification particulière de plusieurs messages qui, quoique de date et d'origine différentes, se recoupent, se complètent ou même s'annoncent.

Je forme le vœu que ce témoignage, fondé pour l'essentiel sur les enregistrements que nous avons obtenus, soit, pour tous les endeuillés sans espoir, y compris les plus stricts rationalistes — dont je suis —, la révélation et l'apaisement qu'ils n'osaient plus espérer. Que cette exaltante mais incontournable vérité aujourd'hui prouvée transfigure leur vie, comme elle a transfiguré la nôtre. Et qu'ils s'emploient, s'ils en ont la volonté et la persévérance, à la redécouvrir par eux-mêmes. Je leur en expliquerai la méthode claire.

C'est là ma seule ambition, mon seul moteur et ma seule attente.

Comme le lecteur l'a compris, ce sont essentiellement les messages reçus par transcommunication instrumentale et conservés dans des cassettes d'enregistrement, qui nous ont révélé de façon indubitable et bouleversante la survie de notre fils. C'est cette preuve, matérielle et durable, surgissant pour la première fois dans l'histoire de l'humanité, que j'apporte dans ce dossier. L'évocation ici ou là — notamment au début — de quelques autres faits vécus n'est faite qu'exceptionnellement en raison de leur corrélation avec ou confirmation par les messages obtenus.

Je souligne aussi qu'aucune conviction ou conception religieuse quelconque n'a interféré dans l'obtention de ces messages. Ceci sans aucune malveillance ou animosité à l'égard des religions en général, qui méritent le respect mais n'ont pas à intervenir a priori dans une procédure de recherche de preuves objectives. Ce qui ne nous empêche pas, mon épouse et moi, d'être chrétiens sincères. Mais après la réception de tous ces messages émanant authentiquement de l'aimé disparu, après l'immense réconfort et le changement total de vision de la vie qu'ils engendrent, l'expérimentateur est irrésistiblement ramené à une autre question qui l'interpelle : la notion de Dieu et de son existence.

Car si la survie, au moyen de la transcommunication instrumentale, est désormais un fait avéré — ce qui était encore impensable hier —, il en va différemment de l'existence de Dieu, question métaphysique fondamentale sur laquelle les affrontements ne sont pas près de s'éteindre. Il est même à craindre qu'ils durent aussi longtemps que le mystère lui-même, autant dire l'éternité. Pour ma part, je pense que la certitude apportée de la survie, par l'importance capitale du phénomène, par toutes les implications qu'il suggère à l'égard du sens de la vie humaine et de l'éternité de l'âme, postule l'existence de Dieu, quelque forme qu'on lui prête. Mais ceci n'est qu'une opinion personnelle assez largement partagée semble-t-il, et je me garderai de toute autre appréciation sur cette question — immense au demeurant — qui n'est pas la matière de ce livre mais relève de la conscience de chacun.

De toute manière, chacun comprendra — et tous ceux qui ont perdu un être cher le ressentent intensément — que la réalité de la survie de nos aimés, aujourd'hui démontrée dans la dimension vibratoire, particulaire ou fluidique — peu importe — qui leur est propre, quoique si évidemment liée à la nôtre, constitue par elle-même la plus merveilleuse révélation que cette vie terrestre pouvait nous réserver.

# I

# Le traumatisme de la perte d'un être aimé

À l'instar de tous ceux auxquels l'être le plus cher est soudainement arraché, le décès de notre fils Pascal en cette mi-1988 nous laissait, comme l'on s'en doute, atrocement mutilés.

Officier, pilote de chasse expérimenté et respecté de tous, Pascal, dont l'avion en détresse descend irrésistiblement en tanguant vers Puiseaux (Loiret), refuse ce 7 juin 1988 de s'éjecter, pour préserver la ville. Rien ne l'obligeait à un tel comportement. Jusqu'au dernier instant, il a pour seul souci de contrôler la chute de son appareil pour épargner les maisons et diriger l'avion vers le modeste champ qui existait encore au cœur de la ville (et sur lequel une école maternelle a aujourd'hui été édifiée). L'appareil s'écrase après une ultime poussée maximale du moteur, ce qui a sauvé nombre de vies, mais lui a coûté la sienne.

Malgré le double hommage exceptionnel de reconnaissance que Puiseaux, épargnée par son sacrifice, a rendu officiellement à son courage et à son abnégation, notre existence ne valait pas cher. Anéantis par le choc, c'est à peine si nous nous souvenons de l'intervention chirurgicale et des soins cependant sévères, programmés à l'insu de mon fils pour ne pas le perturber, que mon épouse a dû quand même assumer le mois suivant. Notre amour et nos devoirs envers notre petit-fils alors âgé de 5 mois mais éloigné dans le Sud-Ouest, mon activité professionnelle délibérément poursuivie et redéployée, enfin l'affection délicate et présente de beaucoup, sont parvenus à nous maintenir debout.

Sans expliquer par elle-même les faits qui vont suivre, la personnalité de Pascal n'est pas indifférente à leur éclairage. Intelligent, sportif et plein d'humour, Pascal était un homme équilibré à tous égards. C'était d'abord un esprit scientifique, comme avéré par son choix de la filière scientifique avant de passer les concours des grandes écoles — dont celui de l'École de l'air de Salon-de-Provence à laquelle, en raison aussi de ses goûts sportifs, il donnera finalement la préférence. Mais il était resté un littéraire avisé, en tête des notes de philosophie, alors qu'il était en « math spé ». Quant à la maîtrise de soi, les titres d'officier, pilote de chasse et d'ingénieur aéronautique obtenus en trois ans et l'affrontement quotidien des dangers durant douze ans, en témoignent assez.

Son humour, il l'exprimait en chaque occasion. Alors que, sportif accompli, il ajoutait aux exercices périlleux de sa fonction le ski, la planche à voile, l'escalade, le ski nautique... qu'il exerçait avec beaucoup de talent, il s'était récemment découvert une passion supplémentaire : le golf. Ceci à seule fin, disait-il avec le sourire, de conserver au moins un sport jusqu'à ses plus vieux jours. Cela n'a pas été le cas ; mais son humour est resté indestructible, comme nous le verrons.

### *Les premières manifestations*

Le 11 juin 1988, lendemain même des obsèques de Pascal, assis un moment dans mon salon, je fus l'objet d'une vision d'une incroyable netteté se détachant sur la vitrine en face de moi, durant près de quatre longues secondes. Dès la première, mon attention et mes sens sont tendus à l'extrême. À tel point qu'avant la disparition de l'image — en couleur, on dirait une photo — j'ai eu le temps, tout en continuant de la regarder, de me lever et de faire latéralement quelques pas en interpellant mon épouse qui se trouvait dans une autre pièce, avant que l'image ne disparaisse.

Cette image très claire et ce visage sont incontestablement ceux de mon fils. Seuls sa pose grave et son regard insistant sont inédits pour moi. De même son âge me semble un peu plus tendre : 25 à 27 ans environ, plutôt que les 30 qu'il avait atteints au moment de son décès.

Malgré le caractère stupéfiant de cette manifestation, sa réalité s'impose aussitôt à moi. Je perçois immédiatement, par la clarté de son apparition et la franchise de son regard, ce que Pascal veut me faire comprendre. Il entend me révéler sa survie et me faire comprendre ce que je savais déjà : qu'il a agi avec la plus totale abnégation.

Je découvrirai plus tard que ce type d'apparition dans le reflet d'une vitrine ou d'un miroir faiblement éclairé n'est pas inédit [1]. M$^{me}$ Gremese, en Italie, a même pu en

1. Cf. Raymond Moody, *Rencontres*, Éditions Robert Laffont ; également Évelyne-Sarah Mercier et Djohar Si Ahmed, *Expériences autour d'un miroir*, J.M.G. Éditions.

photographier nombre d'exemples[1]. Certains se contentent, se refusant à approfondir un phénomène aussi paradoxal, de l'évincer prestement en le baptisant « syndrome de deuil », ce qui ne signifie rien, si ce n'est que les survivants, même à l'état de veille et en possession complète de leurs sens et de leur intelligence, les auraient perdus un instant, un très long instant de raison ou plutôt de déraison. Le mérite de cette explication, indépendamment de son aspect peu scientifique, est son caractère expéditif.

Malheureusement pour les tenants de l'égarement, la révélation que je reçus trois semaines plus tard me confirme que mon esprit ne s'est nullement égaré. Pour m'être agréable, un ami s'était procuré, fin juin 1988, les quotidiens français ayant traité le terrible crash. Je possédais déjà la plupart de ces journaux mais, en découvrant a posteriori une édition de l'est de la France du 10 juin, je reconnus avec stupéfaction — et quel émoi ! —, en regard d'un article consacré à mon fils, une photographie absolument conforme à la vision précise que j'avais reçue le 11 juin. Tout y était : la pose, le regard, le col tranchant sur la veste et aussi la jeunesse plus tendre du sujet.

Cette dernière particularité, qui m'avait le plus surpris, trouvait maintenant son explication : la photo reproduite par le journal datait à l'évidence de quelques années. Ainsi mon fils, par un moyen et une énergie que nous ignorons encore mais qui existent bel et bien, s'était effectivement manifesté à moi en me livrant son message d'existence : cette image de lui, un peu ancienne déjà, qu'il avait saisie dans ce journal pour me la retransmettre aussitôt. Sinon, qui d'autre m'aurait

1. Renata Capria D'Aronco, *Parole e immagini dall'Infinito*, Edizioni Méditerranée.

réacheminé, dès le 11 juin, cette image que je n'avais jamais vue et dont je découvrais l'existence matérielle seulement fin juin ?

La projection par Pascal, ce 11 juin 1988, de son image captée dans l'un des journaux parus quelques jours plus tôt, le seul dont j'ignorais encore l'existence mais dont il savait que j'allais le découvrir quelques semaines plus tard, avait pour but de me rendre évidente son intervention personnelle.

## *Le message d'une rose*

Trois mois plus tard, le 16 septembre 1988, sur la discrète insistance d'une amie, ma femme et moi entrons en relation avec une médium recommandée pour ses aptitudes à recevoir des communications de nos trépassés. Quoique sceptiques, nous acceptons cette entrevue.

M^me^ C. commence par nous décrire, spontanément, le tempérament, les comportements et les propos de Pascal de son vivant et ce d'une façon étonnamment exacte. Elle nous transmet ses mots d'amour et d'encouragement — dans le langage précis et très personnel qui était le sien et que nous retrouverons en transcommunication. Nous sommes confondus par l'exactitude de ses descriptions et des paroles qu'elle nous rapporte. C'est encore peu. Elle ajoute : « Il se montre très souriant à moi, offrant une jolie fleur à une femme jeune, brune et mince. » Elle nous indique que ce genre de message, ou de clin d'œil, désigne souvent un fait récent ou typique, pour nous permettre de l'identifier.

Nous sommes enclins à penser qu'il s'agit de la femme de Pascal, ce qui semble logique : elle est jeune (ce dont la médium pouvait évidemment se douter), en outre, brune et mince (ce qu'en revanche la médium ne pouvait pas savoir). La fête des mères ayant eu lieu le 29 mai précédant le drame pouvait accréditer l'hypothèse d'une fleur offerte à sa femme, bien que le cadeau d'une seule fleur nous ait paru insolite. D'une part, Pascal masquait son grand cœur et sa sensibilité sous des dehors intransigeants, pour ne pas nous attendrir en raison de sa profession dure et dangereuse et, par goût, d'autre part, il était peu enclin à offrir des fleurs auxquelles il préférait d'autres cadeaux. Tout cela nous semble donc bizarre.

Je prends contact, par téléphone, avec ma belle-fille à l'autre bout de la France. Elle ignore tout de notre visite à une médium. Je l'amène à évoquer la fête des mères qui remonte déjà à trois mois. Elle me fait alors une révélation étonnante qui éclaire et valide le message. Sur la base aérienne à laquelle Pascal était affecté avait eu lieu, le 29 mai 1988, une « journée portes ouvertes ». À cette occasion une rose avait été offerte à chacune des mamans, ou supposée telle. Mon fils avait saisi cette opportunité pour en rapporter une, le soir même, à son épouse. Ce qui ne l'avait, évidemment, pas empêché de lui remettre un autre cadeau. Ainsi s'expliquait ce geste peu coutumier.

La médium n'avait pu puiser, à mon insu, dans ma conscience — ce qu'on soupçonne souvent — puisque ce fait m'était totalement inconnu. Elle n'avait pas pu puiser l'information dans le mental de ma belle-fille puisqu'elle ne la connaissait pas, qu'elle ne lui avait pas été décrite et qu'elle ignorait qu'elle résidait désormais dans la région toulousaine, à 945 kilomètres de Nancy, domicile de Pascal lors de la catastrophe.

La seule hypothèse plausible était donc, comme la médium l'avait affirmé, que Pascal lui avait transmis son image d'offrande d'une fleur à sa femme, jeune, brune et mince.

La méthode de la transcommunication instrumentale, qui devait m'être ensuite révélée, me confirmera, neuf mois plus tard, cette évidence de la survie de l'âme — de l'être — de mon fils.

### *Le chien noir arrosé*

Parmi d'autres manifestations de ce type, je voudrais retenir la vision de Pascal qui « se montre à moi en train d'arroser un chien noir », nous indique la médium le 10 février 1989. C'était frappant puisque ce geste, mon fils l'avait accompli maintes fois, étant plus jeune, pour asticoter dans notre jardin d'Asnières son caniche noir Junon. Or M^me^ C. ignorait l'existence de ce chien et, quant à nous, ce souvenir nous était sorti de l'esprit.

La réalité de la transmission de ces images à la médium nous paraît d'autant plus évidente que l'affection de Pascal pour ce chien, dont il était cependant séparé puisque nous en assurions la garde depuis plusieurs années, venait de nous être rappelée lors de son récent décès. Son épouse Sophie avait trouvé dans le portefeuille de Pascal, que les autorités lui avaient remis au lendemain du drame, une belle photographie de Junon qui vivait encore, à ce moment, chez nous à Asnières. Ce n'est donc nullement un hasard si M^me^ C. avait reçu de Pascal l'image de son chien noir arrosé et s'il avait choisi ce fait plutôt qu'un autre pour ce nouveau clin d'œil destiné à nous convaincre de sa survie. Son message d'existence et d'affection était limpide.

### *Les roses-thé*

Le 10 février toujours, M$^{me}$ C. voit Pascal « soignant et taillant des roses-thé ». Il s'agit là, en effet, de la seule tâche de jardinage qu'il aimait pratiquer dans le petit jardin loué avec sa maison dans la Meuse ou avec les roses-thé du splendide rosier grimpant au mur mitoyen dans notre maison d'Asnières. Si l'on peut admettre que la médium avait pu capter dans notre inconscient l'image et la couleur des roses se trouvant devant notre maison, il est impossible qu'elle ait pu y découvrir le geste de notre fils.

### *Matthieu voit et désigne son papa*

À trois reprises, les 26 septembre 1988, 4 novembre 1988 et 25 avril 1989, Pascal indique à la médium que « le petit (son fils Matthieu) va très souvent voir son père en le désignant de la main et cet enfant, qui n'oppose encore aucun raisonnement, trouve cela tout à fait naturel ». Ce phénomène, nous l'avions déjà observé avec ébahissement dès la mi-août 1988 alors que l'enfant n'avait que 8 mois. Nous l'avons revécu à Asnières en janvier puis, par deux fois, en avril 1989. À chaque fois, Matthieu, pointant, l'air réjoui, le doigt vers un point précis du ciel ou du plafond, a clairement articulé : « Papa ». Matthieu ne formait, à l'époque, aucun mot intelligible. « Papa » ne figurait — hélas — dans aucune conversation. La prononciation très claire de ces deux syllabes « pa-pa » en désignant un point précis ne peut être interprétée comme un fait naturel ou un produit répété du hasard.

Le 25 avril 1989, Mme C. nous annonce qu'elle a reçu une communication importante de Pascal, lui faisant savoir que « voyant réunis à Asnières, de façon imminente, tous ceux qu'il aime, il m'annonce qu'il va de nouveau se manifester à vous de façon évidente ». Notre belle-fille Sophie doit en effet arriver à Asnières, avec Matthieu, le lendemain. Le surlendemain, mon épouse, ayant Matthieu dans les bras, lui donne un vieux Mickey en caoutchouc que notre fils affectionnait dans son enfance et que nous avions conservé. Saisissant le jouet, Matthieu, très sérieux et en arrêt devant celui-ci, prononce de nouveau fortement : « Pa-pa ».

Le même jour en fin d'après-midi, alors que mon épouse entre dans la petite chambre au deuxième étage qui était celle de Pascal, Matthieu déclare sur le seuil avec gravité : « Pa-pa ».

Pour déclarer logiques et normaux ces faits manifestement anormaux, à quelle complexité de suppositions et d'explications invraisemblables faudrait-il se livrer ? L'évidence, si simple, s'impose : c'est bien le père qui, après avoir envoyé ses messages d'annonce à la médium, a révélé à l'enfant sa présence ou son image, avec l'objet et à l'endroit choisis.

### *Le grand paon*

Parmi les nombreuses visions, en voici une autre, étonnante et encore plus confondante. Elle date du 12 mars 1990. Mon épouse rend visite à Mme C. qui, après un quart d'heure d'entretien, déclare que Pascal vient de lui apparaître et de « lui montrer un plan dans lequel il y a une profusion d'oiseaux de formes et couleurs exotiques », ajoutant « qu'elle y voit aussi un paon très grand, occupant une partie essentielle de cette scène ».

Mon épouse ne comprend pas car elle n'a aucun souvenir qu'avec ou sans Pascal nous nous soyons trouvés dans un tel cadre et ayons vécu ou connu pareille situation. L'évocation d'un parc zoologique est vaine, même en remontant à la tendre enfance de Pascal. Quant à notre petit-fils Matthieu, en raison de son jeune âge et de nos rencontres espacées, nous ne l'avons pas encore emmené voir de tels animaux.

Je m'ouvre, dès le lendemain, de cette énigmatique scène à une amie proche, Irène Luczynski, qui a bien connu Pascal. Malgré ses efforts, je sens sa perplexité se teinter de scepticisme. Je n'insiste pas.

Au mois d'avril suivant, à l'occasion des fêtes de Pâques, nous nous rendons à C., chez notre belle-fille, qui vient d'emménager dans une sympathique maison ancienne. Le lendemain de notre arrivée, Sophie me demande de bien vouloir l'aider à installer sur l'un des murs du salon une toile qui est pliée sur un fauteuil. En l'ouvrant, j'en reconnais l'originale beauté et mon épouse pousse un cri. Il s'agit en effet d'une œuvre qui, près de deux ans auparavant, était accrochée dans l'appartement que Pascal et Sophie habitaient à Nancy. La toile représente, de manière moderne et très chatoyante, l'Arbre de Vie. Elle comporte, sur la majeure partie de sa hauteur et sur toute sa largeur, un arbre épanoui, et une multitude d'oiseaux aux formes et couleurs exotiques se pressent sur ses branches, tandis qu'à son pied trône un immense paon qui occupe la place prépondérante.

Nous expliquons à notre belle-fille, évidemment interloquée, notre émotion. L'évocation par Pascal de cette tapisserie plutôt qu'un autre objet du ménage n'était pas innocente. Il la possédait avant son mariage. Ce signal d'existence qu'il nous lançait de nouveau était donc particulièrement fort et éloquent.

Sophie nous a fait don de cette tapisserie dont l'intérêt en tant que souvenir s'est — est-il besoin de le dire — renforcé d'un message symbolique majeur. Quant à nos amis Irène et Claude Luczynski, c'est peu de dire qu'ils furent bouleversés par la révélation de l'énigme que nous leur avions soumise.

Ce cas, qui est l'un de ceux ayant le plus captivé le père François Brune, est édifiant et enthousiasmant à un double titre. D'abord parce qu'un mois après la réception de l'image apparemment incompréhensible transmise par Pascal à M^me^ C., cette scène dévoile, comme les autres, son sens et sa réalité indiscutables. Mais aussi parce que l'envoi de cette image à la médium un mois avant qu'elle ne se concrétise sous nos yeux révèle a posteriori que, dès le 12 mars, Pascal savait ce qui allait se passer et que nous allions découvrir le 14 avril suivant.

### *Pascal montre une lumière en haut d'un escalier*

Un an plus tôt, en mars 1989, nous avions reçu par cette médium un autre message, aussi étonnant et insolite mais dont l'originalité se situe ailleurs. Au cours d'une amicale visite que mon épouse lui a rendue, M^me^ C. déclare que Pascal se montre soudain à elle épanoui, et elle dit : « Je vois Pascal monter un escalier... Il me montre la lumière... Il me parle de lumière... Il est bien en haut d'un escalier. » Elle ajoute : « Ce n'est pas dans votre maison d'Asnières, c'est dans votre maison près de la mer » (nous avons, en effet, une résidence de vacances dans le Calvados, où Pascal aimait à se rendre dans sa jeunesse). Elle répète à plusieurs reprises qu'il lui « montre » la lumière, qu'il lui « parle » de lumière et qu'il lui présente « le haut d'un escalier » dont elle distingue les dernières marches. Elle ne peut donner d'autres précisions, confirme que Pascal est réjoui et qu'il insiste pour qu'elle transmette ce message à sa mère.

Devant la tension mêlée d'ébahissement qu'exprime mon épouse, M^me^ C. conclut que c'est à nous de chercher et de percer la signification de ce message. Facile à dire. Nous savons bien — notamment par la transcommunication instrumentale dont je parlerai plus loin et que nous venions de découvrir — que nos disparus évoquent souvent une lumière, à la fois puissante et ineffable, dans laquelle ils baignent et vivent. Nous savons aussi que d'autres manifestations ou expériences en font état[1]. Mais ceci ne nous éclaire pas sur la nature et la signification de la scène et de l'image de lumière que notre fils voudrait nous transmettre.

Dans notre maison du Calvados, il y a deux escaliers, l'un extérieur et l'autre interne pour l'accès au sous-sol, mais tous nos efforts de mémoire ou d'imagination pour les mettre en relation avec un jeu ou effet de lumière — même fugace — restent stériles. Deux mois et demi

1. En transcommunication instrumentale, *Les morts nous parlent,* du père François Brune, Éditions Philippe Lebaud ; également *Au diapason du Ciel,* par Marcelle de Jouvenel, Éditions Sorlot et Lanore ; au cours d'expériences de NDE (*Near Death Expériences*), *La vie après la vie, Lumières nouvelles sur la vie après la vie,* du docteur Raymond Moody, Éditions Robert Laffont, etc.

plus tard, nous nous rendons de façon habituelle dans cette maison, sans attendre le moindre éclaircissement de notre visite car nous connaissons déjà tout de cette habitation, et mon épouse reçoit le message aveuglant et plein d'humour de notre fils. Dans la cuisine, comme elle le fait si souvent au cours de nos séjours, elle a ouvert la porte intérieure donnant sur l'escalier menant au sous-sol pour prendre un objet, et je l'entends pousser une exclamation. Je me retourne et la vois me désigner du doigt la face interne de la porte entrouverte, sur laquelle est punaisée une feuille de papier depuis une bonne dizaine d'années. Sur cette feuille blanche, que Pascal avait épinglée, figure le mot qu'il avait lui-même rédigé en grosses lettres décoratives, pour nous rappeler de ne pas omettre d'éteindre la lumière du sous-sol lorsque nous en remontions : « LA LUMIÈRE ! »

Tout s'éclaire — si je puis dire —, notre joie éclate.

Ainsi, ce texte ancien et le message banal qu'il contenait, Pascal leur avait donné, par ce clin d'œil, un nouveau sens et une nouvelle vie, en leur confiant le soin de nous rappeler de nouveau son existence poursuivie, son amour et son humour. La médium, à son tour, est saisie de bonheur quand nous lui découvrons la réalité et le sens du message qu'elle avait reçu de Pascal, en même temps que son côté divertissant. D'ailleurs, ce caractère drolatique du message élucidé éclaire pleinement le contentement particulier qu'avait affiché Pascal lors de sa transmission.

Sachant que ce message nous plongerait dans un complet ébahissement, que nous allions l'élucider lors de notre prochaine venue sur place et que son explication ne manquerait pas de nous sidérer, l'on comprend mieux l'amusement qu'il exprimait d'avance. Et Pascal ne pouvait faire choix plus judicieux pour manifester avec affection son activisme et sa survie.

## *Pascal nous attendra là-haut*

Avant d'aborder la réalité concrète et encore plus éblouissante de la transcommunication, je ne citerai qu'un dernier message simple de Pascal que cette même médium nous avait communiqué le 4 novembre 1988 : « Pascal me dit qu'il vous attendra là-haut, où il sera le premier à vous accueillir. »

L'origine de ce message, en soi réconfortant, n'était évidemment pas vérifiable, de sorte qu'en dépit de son caractère émouvant, nous ne pouvions y attacher la même valeur qu'aux autres.

Son intérêt majeur réside en ce que, quelques mois plus tard, lorsque nous entrerons en contact avec Pascal par la transcommunication et poserons à notre fils la question de nos éventuelles retrouvailles, nous obtiendrons immédiatement de lui une réponse exactement semblable.

# II

## La transcommunication instrumentale dans sa pleine réalité

Le contrôle de soi, le courage, le parfait équilibre de Pascal entre — comme l'eût dit son grand homonyme du XVIIe siècle — son esprit de finesse et son esprit de géométrie offrent de lui une image accomplie. Aussi n'avais-je pas été surpris, lors de nos rencontres des dernières années, de sa réponse à l'une des questions que nous agitions, celle de la survie, de la pérennité ou non de l'âme humaine. Selon lui — et selon moi à l'époque —, rien n'était certain mais tout était possible, au regard de nos connaissances inexistantes sur ce sujet. La mort est au demeurant totalement ignorée par la recherche officielle.

Réponse de bon sens dont nombre d'esprits forts, depuis des siècles, auraient été prudents de s'inspirer. Cette sage réflexion, que j'approuvais, me laissait, comme à tant d'autres, une lueur d'espoir sur la continuité de l'existence au-delà de la vie terrestre, donnant son plein sens à celle-ci. Mais j'étais assurément incapable d'imaginer l'impensable : que la réponse exacte et positive à cette question me serait fournie durant cette vie même. Et, plus impensable encore, que cette réponse et cette preuve me seraient apportées par mon fils lui-même.

Durant une année environ après notre drame, ce sont donc les signes reçus, les messages et visions transmis par la médium qui nous donnèrent la force de nous arc-bouter et de tenir tête. Notre désespoir avait déjà pris une forme différente. Il n'en restait pas moins aigu et, en dehors des quelques contacts maintenus avec cette si talentueuse médium, je poursuivais d'autres recherches par des lectures et des contacts avec diverses personnalités.

J'entrais notamment en relation, par un ami, avec Jean Prieur dont je découvrais le nom et l'œuvre[1]. Ses écrits confortaient pleinement les révélations que je venais de recevoir. Parmi les autres ouvrages que je lisais ou consultais, l'un d'eux, fin 1988, attira particulièrement mon attention. C'était *Les morts nous parlent* du père François Brune.

En raison du titre de ce livre, je pensais que celui-ci avait pour objet de faire connaître la réalité du phénomène de survie tel que je venais moi-même de la vivre, par signes ou messages imagés, soit reçus directement, soit avec le concours d'un médium. Mais il ne s'agissait aucunement de cela. Je découvrais la probabilité d'un mode de contact encore plus extraordinaire, appelé la « transcommunication instrumentale ». Il ne s'agissait plus seulement de capter la survie de nos aimés par les voies merveilleuses que je venais de découvrir, ayant permis une identification indéniable et bouleversante. Il s'agissait d'une méthode d'entrée en contact directe avec eux, faisant appel à des moyens techniques simples, exigeant minutie et patience, mais permettant des

1. Depuis *Les témoins de l'invisible*, Éditions Sorlot et Lanore, jusqu'à *La nuit devient lumière*, Éditions Astra, en passant par bien d'autres ouvrages de grande qualité.

dialogues et échanges immédiats, dont on peut au surplus conserver l'enregistrement.

L'affirmation paraissait insensée, mais une rapide lecture en diagonale me persuadait de l'extrême sérieux de son auteur, de la qualité de ses exemples et de ses références. Cette méthode devait donc représenter, pour la preuve de la survie et le soulagement de ceux restant ici-bas, une avancée considérable.

### *Une rencontre qui allait décider de tout*

Je dévorai le livre du père François Brune en quelques heures et décidai, coûte que coûte, d'entrer en relation avec lui.

Par ce que d'aucuns appelleraient un hasard — je ne crois pas du tout au hasard, mais ceci est une autre question —, quatre jours après, l'ami d'une amie, informé de ma quête et connaissant le père François Brune, entrait en contact avec moi. Mieux, il m'instruisait de la tenue, trois semaines plus tard, le 15 janvier 1989 chez M^me^ L. à Paris, d'une conférence privée par le père Brune lui-même.

Cette réunion, à laquelle mon épouse et moi-même avions pu être conviés, rassemblait une douzaine de personnalités parmi lesquelles l'écrivain Patrice Van Eersel[1], des directeurs de revues ou d'associations et quelques journalistes. Je fus très marqué par cet après-midi où le père François Brune nous fit entendre un grand nombre d'enregistrements de voix captées depuis quelques années par des personnes dont le sérieux ne

1. Auteur de *La Source noire*, Éditions Grasset.

pouvait être mis en doute. Surtout, il avait lui-même assisté à beaucoup d'enregistrements effectués au cours de séances de transcommunication. Celles-ci étaient organisées, notamment en Allemagne et au Luxembourg, par des groupes dont les principaux animateurs techniques étaient des professeurs, des ingénieurs ou des techniciens du secteur informatique et audio [1].

Parmi les voix entendues, celles captées par une Allemande pionnière de la transcommunication, Hildegard Schäfer [2], qui avait perdu une fille en sa prime jeunesse et avait créé un groupe associatif important en Allemagne. Je ne me doutais pas, à ce moment, que je ferais sa connaissance dix mois plus tard, en novembre 1989, et éprouverais, à cette occasion, l'une des plus grandes émotions de ma vie.

Le père Brune nous fit également découvrir, en seconde partie de la réunion, non plus des voix enregistrées répondant aux questions des leurs restés ici-bas, mais des images captées sur écran de télévision. Ces images révèlent des visages ou groupes de visages, très souvent flous, la plupart non identifiés [3] quoique tous incontestables.

1. Notamment le professeur Ernst Senkowski, de Mayence, et M. Determeyer, scientifiques de haut niveau que j'aurai le plaisir de rencontrer fin 1989 et ultérieurement.

2. Auteur en particulier de *Théorie et pratique de la transcommunication*, traduit en français en 1992, Éditions Robert Laffont.

3. Ce n'est pas toujours le cas : ainsi a-t-on pu identifier le visage de l'actrice Romy Schneider recueilli en Allemagne par Klaus Schreiber, d'Anna Buschbeck, l'une des premières expérimentatrices allemandes en transcommunication vocale entre-temps décédée, etc. (cf. à ce sujet l'œuvre du père François Brune, *op. cit.*, également l'ouvrage de Monique Simonet, *À l'écoute de l'invisible*, Éditions Sorlot et Lanore).

### *Les atouts de la transcommunication instrumentale*

Compte tenu de ceci et de la nécessité de permettre au plus grand nombre d'endeuillés de trouver un relatif apaisement dans la révélation concrète de la survie de leurs aimés, la pratique de la transcommunication instrumentale par enregistrement des voix sur bande magnétique me paraît beaucoup plus sûre et consolatrice. Outre qu'elle ne nécessite qu'un matériel très simple (un magnétophone, un micro indépendant et un ou deux petits postes de radio par exemple), elle offre des possibilités d'identification et d'échanges que les images vidéo ne sont pas aptes à fournir.

Un avantage essentiel de la transcommunication instrumentale, indépendamment de la conservation matérielle des voix enregistrées, est en effet l'identification incontestable du disparu. Cette identification ressort de sa réponse précise à la question ou aux propos tenus, de la conformité de sa réponse à son tempérament ou à son vécu personnel, encore du vocabulaire ou des expressions qui lui étaient propres, du rythme personnel de ses phrases. Et souvent même, dans bon nombre de réponses, si incroyable que cela paraisse quand on en reçoit le choc pour la première fois, l'identité de notre correspondant se révèle aussi par l'expression exacte du timbre de sa voix.

Comment y parvient-il, par quelles voies naturelles ou reconstituées, l'on ne sait. Pas plus qu'on ne sait comment il peut impressionner la bande magnétique, directement ou par l'entremise du micro du magnétophone, interne ou extérieur, mis à sa disposition. Mais les faits sont là. Notre vécu allait en apporter la démonstration, au-delà de toutes nos espérances.

Sans attendre que la science officielle « découvre » à son

tour, tardivement, l'existence de ce phénomène prodigieux et tente de l'expliquer, je me fais, dès maintenant, un devoir d'en justifier la réalité et les extraordinaires bienfaits.

Début avril 1989, je dîne pour la troisième fois avec mon nouvel ami le père Brune. Malgré les signes et messages à ce jour reçus de Pascal, directement ou par médium, dont François Brune, qui connaît bien ce type de manifestations, applaudit la parfaite validité et signification, mon chagrin est par trop visible. Chaque fois que j'évoque les traits de caractère de Pascal et sa disparition, l'émotion m'étreint.

François Brune m'a déjà parlé de Monique Simonet[1], une femme admirable, ancienne enseignante, consacrant désormais sa vie à tenter, par transcommunication, d'aider les personnes désespérées qui ne parviennent pas à surmonter la perte d'un être cher, en particulier les pères et mères d'enfants disparus, dont le désespoir confine à l'égarement. Monique Simonet est d'ailleurs la pionnière en France de cette technique. Cette femme, qui se voue de façon désintéressée à cette lourde tâche caritative, voit sa vie privée de plus en plus réduite. Malgré la sélection qu'elle essaie d'opérer, elle a de plus en plus de difficultés à faire face. Elle a décidé, me dit François Brune, de suspendre quasiment l'examen de nouveaux cas, pour se consacrer à ceux, nombreux, dont elle assume déjà la charge. Son grand cœur devait lui interdire de tenir sa promesse. Comme je le saurais un peu plus tard.

François Brune me propose d'intercéder auprès de Monique Simonet dans l'espoir qu'elle trouve quelques

1. À l'époque auteur d'un ouvrage révélateur : *À l'écoute de l'invisible*, *op. cit.*, qui devait être suivi de plusieurs autres de même qualité : *Images et messages de l'au-delà*, *Porte ouverte sur l'éternité*, *Réalité de l'au-delà et transcommunication*, Éditions du Rocher, etc.

instants à consacrer à Pascal. Il lui fournit téléphoniquement quelques éléments essentiels : l'âge de Pascal, sa carrière, les conditions de son décès et nos noms et adresse. Rien de plus.

### *La première cassette de Monique Simonet*

Fin avril 1989, nous avons la surprise de recevoir une cassette enregistrée par Monique Simonet. Elle contient la copie des enregistrements effectués en avril, de ses questions et des réponses reçues de Pascal, qui sont assez nombreuses et dont une bonne moitié est d'une impressionnante clarté. Nous en restons confondus.

Pour obtenir ces réponses, Monique Simonet a utilisé successivement plusieurs fonds énergétiques : chansons en langue anglaise, bruits blancs continus captés entre deux stations radio... Le timbre de la voix n'est pas encore objectivement reconnaissable, sauf dans deux réponses où nous sommes ébahis de l'identifier, mais nous refusons encore de croire à une telle possibilité. Nous ne tarderons pas à nous incliner devant l'évidence.

Les réponses recueillies permettent d'identifier sans conteste Pascal, son vocabulaire, ses expressions, la force et le rythme particulier de ses phrases et de son langage. Au tout début, à la première question banale et irrépressible de savoir s'il connaît la paix là où il est — question que nous aurions nous-mêmes posée si nous l'avions interrogé directement —, il répond : « Je suis heureux. »

À une suggestion que lui fait ensuite Monique Simonet de dire quelque chose pour sa maman — et elle ajoute aussitôt que le papa est également concerné —, il répond avec cette fermeté assurée, ce langage clair, cette cadence de phrase que nous connaissons bien — et, même ici, son timbre de voix où notre esprit trop cartésien veut encore croire à une coïncidence : « Je suis bien vivant. »

À une autre question, que nous n'aurions certainement pas posée sous cette forme mais peu importe, savoir : « Maintenant, êtes-vous auprès de *Dieu ?* », il répond encore avec une force et une joie contenue qui nous empoignent jusqu'au fond de l'âme : « Dans la lumière. » Aucune relation entre ce message d'un bain de lumière et l'évocation d'une lumière antérieurement transmise par la médium comme mentionné plus haut. Le ton et le sens en diffèrent entièrement. Alors que le message-clin d'œil amusé naguère reçu par la médium était un signe de vie et d'identification, la réponse intense et grave faite maintenant évoque cette fois le monde lumineux où évolue Pascal. N'est-il pas extraordinaire de retrouver dans cette réponse les termes et l'expression même des rescapés de la mort dans les récits de leur NDE (*Near Death Experience*) [1] ?

Notre approfondissement de ces manifestations d'origine différente devait vite nous révéler que l'identité des visions reçues, par transcommunication instrumentale ou par d'autres voies, n'avait rien de surprenant, au contraire [2]. Cette survie et cette lumière, déjà exprimées dans des récits de NDE et même dans d'autres formes de communications — écriture automatique par exem-

1. Docteur Elisabeth Kübler-Ross, *La mort est un nouveau soleil*, Éditions du Rocher ; docteur Raymond Moody, *La vie après la vie* et *Nouvelles lumières sur la vie après la vie, op. cit.* ; Patrice Van Eersel, *La source noire, op. cit.*

2. Paola Giovetti, *Messages d'espérance*, Éditions Robert Laffont. Jean Winter et Gérald de Dampierre, *Dites-leur que la mort n'existe pas*, Éditions Exergue.

ple[1] —, les voici maintenant confirmées et affirmées expressément, en direct, par un disparu. Disparu mais vivant, lucide et apaisé, c'est ce qui nous frappe.

Son bonheur, ou du moins son apaisement qui nous préoccupait tant, il l'a donc exprimé dès le début de ces premiers enregistrements d'avril 1989. Mais Monique Simonet, parmi les nombreuses questions posées au cours des séances ultérieures de ce même mois consacrées à Pascal, revient sous une forme différente sur ce sujet et il répond cette fois avec force et enthousiasme : « Oh oui, je suis très content. » Il ne dit pas, au contraire de sa réponse lors de la première séance, qu'il est « heureux », il se déclare seulement, mais heureusement avec la même ardeur, « très content ». Compte tenu du ton employé, ceci ne nous affecte aucunement. De plus, l'on reconnaît bien là le langage de la plus totale franchise qui a toujours été sienne : sa signature personnelle de ce message n'en est que plus certaine.

D'autant que Monique Simonet, dans ses propos et dans ses livres[2], témoigne qu'en réponse à la question inévitable aux disparus, de savoir s'ils sont en paix et détendus, ils répondent quasi invariablement : « Je suis heureux ». Sans y attacher plus d'importance, nous avions donc relevé la différence dans la seconde réponse de Pascal et nous devions savoir bientôt qu'elle n'était pas du tout insignifiante.

En tout cas, à l'écoute de ces réponses, une vague d'allégresse nous transportait. Bien qu'en certains instants, durant les mois de mai et juin 1989, nous nous surprenions à éprouver un sentiment fugace de doute à

1. Robert Monroe, *Voyage hors du corps*, Éditions Garancière ; Patrice Van Eersel, *La source noire, op. cit.*

2. En particulier *Porte ouverte sur l'éternité, l'au-delà nous parle*, Éditions du Rocher.

l'égard d'une réalité aussi exaltante tant le matérialisme forcené de notre époque a fini par dénaturer l'esprit cartésien dont il n'est qu'une grossière déformation. Mais le contenu et la tonalité commune de l'ensemble des réponses ne pouvaient laisser place à l'hésitation. La dernière d'entre elles, faisant réplique à l'affectueux « au revoir » que Monique Simonet vient de lui adresser pour clôturer cette première série, nous confirme avec émotion son vécu présent : « Au revoir, Mo-nique ».

Dès réception de ces messages, je prends contact avec Monique Simonet, qui m'a laissé ses coordonnées, et la remercie chaleureusement. Elle me promet d'autres essais dès qu'elle en trouvera le temps.

Deux mois plus tard, début juillet 1989, nous recevons une seconde cassette, contenant les enregistrements de mai et juin 1989. La plupart des réponses de Pascal, plus nombreuses encore que celles enregistrées en avril, sont d'une authenticité encore plus éclatante, qu'il s'agisse des termes utilisés, de la forme de la réponse ou de la cadence de la phrase, mais aussi, constat stupéfiant, dans dix réponses au moins je reconnais l'intonation exacte de sa voix.

Je savais, par la lecture du livre de François Brune comme par ses propos et ceux de Monique Simonet, que la voix du disparu est très souvent méconnaissable (métallique ou syncopée, ou hyperaiguë, ou caverneuse comme une voix robotique...). Je l'avais moi-même constaté dans plusieurs messages précédemment reçus par Monique Simonet. Cela tient d'une part à la nature du support ou fond énergétique employé (bruits blancs d'ondes radio, écoulement régulier d'un robinet, chants ou paroles en langues étrangères...), mais aussi, probablement, à d'autres facteurs cumulatifs dont nous ignorons la nature et l'importance (état atmosphérique, heure de la journée — la fin de l'après-midi ou le soir semblant préférables...). Sans compter la disponibilité, la force énergétique et l'entrain du disparu au moment où on l'interroge, le canal qu'il utilise..., facteurs dont on ne sait rien et qui ont certainement une importance capitale.

Or, dans cette seconde cassette, à côté de quelques réponses claires mais dont la vocalité était tout à fait étrangère à celle de Pascal, nous avions dix réponses au moins de la voix même — timbre et intonations, notamment les finales — de Pascal. Ceci indépendamment de leur contenu précis et toujours en rapport exact avec la question posée.

Cette fois, le respectable doute cartésien qui nous avait parfois effleurés se volatilisait. Comment Monique Simonet, eût-elle été animée du plus vertueux esprit de compassion à l'égard de parents éplorés, aurait-elle pu inventer — et susciter — une voix qu'elle n'avait jamais entendue ? Toute hésitation, même infime et fugitive, était désormais inconcevable.

Avant de livrer quelques échantillons de cette seconde cassette, choisis parmi ceux, majoritaires, où la voix de Pascal est incontestable, une observation s'impose. Toutes ces réponses, tous ces messages sont relativement courts, ce qui n'enlève rien à leur clarté, bien au contraire. Aucune ambiguïté possible sur le sens limpide de chacune d'elles. Chaque réponse comporte, selon les cas, de deux à douze mots. Je le découvrirai plus tard, cette clarté et la concision des messages, jointes à leur caractère émouvant et à l'étonnante exactitude des réponses qu'ils contiennent — ou parfois l'évocation de faits encore ignorés du parent qui les reçoit — apparaissent essentiels aux spécialistes. Ces caractéristiques signent déjà par elles-mêmes, à leurs yeux, l'authenticité de leur origine[1]. Qu'en dire alors lorsque,

1. Ceci par opposition à la plupart des messages longs, souvent à prétention philosophique, reçus lors d'expérimentations diverses, qui se révèlent banals ou obscurs, d'origine indéterminée et dénués

comme présentement, le timbre de la voix, la cadence de la phrase et les mots employés sont exactement ceux du défunt !

Voici quelques-uns des messages révélateurs de cette seconde cassette. Monique Simonet demande d'abord : « Pascal, est-ce que vous êtes là, est-ce que vous êtes libre, est-ce que vous m'entendez ? » Et Pascal répond immédiatement : « Oui, ça va venir, je vais venir. » C'est exactement sa voix avec son timbre et son rythme habituels. Monique Simonet lui demande alors : « Pascal, est-ce que vous pouvez me parler, est-ce que vous m'entendez un peu ? » À quoi celui-ci répond : « Oui, je suis là. » La réponse est nette, ferme, sa voix, dont le timbre était assez personnel, est incontestable. Nous étions sidérés mais la suite allait nous émerveiller encore plus.

Lors de notre contact téléphonique avec Monique Simonet à réception de sa première cassette, nous lui avions suggéré une question délicate mais qui nous tenait particulièrement à cœur. Consciencieusement, elle lui pose cette question : « Vos parents, vous allez les accueillir plus tard ? » Réponse immédiate, de la voix même de Pascal, avec une intonation très chaleureuse et enthousiaste : « Oh, pour ça, je serai ravi. » Qui d'autre que notre fils, et avec sa voix elle-même, pourrait nous faire une réponse aussi fervente ? La question ne se pose même pas, d'autant plus que, je l'ai déjà souligné, Monique Simonet n'a jamais connu Pascal, son subconscient n'a donc pu lui suggérer à son insu la voix de notre fils. Ce message merveilleux que la médium nous avait transmis dès novembre 1988 était une promesse exaltante. Entendu de la voix même de Pascal, il devient certitude bouleversante.

À une autre question : « Pouvez-vous parler à votre

---

d'intérêt (cf. à ce propos, du père François Brune et du professeur Rémy Chauvin, *À l'écoute de l'au-delà*, Éditions Philippe Lebaud).

fils ? » Réponse : « Oui... mon fils. » Ce message étant mince, Monique Simonet réitère sa question sous une autre forme : « Pouvez-vous dire encore quelque chose à votre petit garçon ? » Ce qui nous vaut cette réponse émouvante et inattendue dans sa forme : « C'est papa ravi. »

Lors de notre entretien avec Monique Simonet, je lui avais dit que, depuis la disparition de Pascal, j'avais tenu à lui parler chaque soir, à lui dire quelques mots d'amour, de reconnaissance et d'évocation du passé. Ceci sans aucune certitude ni espoir fondé qu'il m'entendît, plutôt un devoir réconfortant en même temps qu'une prière pour son âme. Monique Simonet, qui a bien noté cette habitude, en profite pour lui poser la question que nous n'aurions peut-être pas osée mais qui nous brûlait : « Pour votre Papa, l'entendez-vous bien lorsqu'il vous parle chaque soir ? » La réponse éclate aussitôt, forte et enthousiaste : « Oui, je pense bien. »

Et c'est de nouveau sa voix, avec son timbre et sa cadence propres. De plus et malgré la logique brièveté de la réponse, l'expression employée « Je pense bien » fait partie de celles qu'il utilisait couramment.

Comme Monique Simonet lui demande ensuite si, dans sa dimension, « il y a là-bas des missions qui vous conviennent », il répond, avec son timbre de voix typique : « Pour cela, j'en ai deux. » Elle lui demande « que sont ces missions » et si « l'une d'elles concerne l'aide à des personnes qui souffrent ». Il répond : « Je travaille pour les gens. » Réponse assez impressionnante. Mais Monique Simonet veut en savoir plus et interroge : « S'agit-il de ceux encore incarnés sur la terre ? Qu'on vous désigne ? » Réponse : « Oui, c'est ça. » Question : « Quelle est l'autre mission ? » Réponse : « Je fais le (incompréhensible) pour les enfants. »

Ce que nous venons d'entendre est considérable. Dans quelque temps, Pascal se montrera plus précis.

Les preuves multiples de la survie de Pascal sont maintenant éclatantes, et parmi elles les sentiments de joie et de plénitude exprimés par lui ne sont pas les moins émouvants et significatifs. L'intonation ardente et chaleureuse de sa voix (de nouveau identifiable sans conteste) dans sa dernière réponse à Monique Simonet en juin 1989 en est à nouveau l'illustration. « Êtes-vous heureux de savoir que vos parents pensent souvent à vous ? » Réponse : « Oh, oui ! »

Pour terminer ces séances, Monique Simonet dit de nouveau au revoir à Pascal en le remerciant, et il répond par quelques mots dont on comprend bien les trois derniers : « ... Lorsque j'ai promis. » Les échanges avec elle s'arrêteront là.

Lorsque, au cours des vacances suivantes, nous ferons entendre ces réponses de Pascal à notre belle-fille Sophie, elle ne sera pas moins émue que nous. Les messages de Pascal à son fils, en particulier, l'impressionnent beaucoup.

Les signes majeurs précédemment reçus, les messages stupéfiants de vérité — plusieurs fois vérifiés a posteriori — de la médium nous avaient persuadés de l'existence de notre fils. C'était déjà une grande avancée et un grand réconfort dont le second mérite a été de nous inciter à aller plus loin. Désormais, nous possédions en plus les termes exacts de ses réponses, le timbre typique de sa voix, ses intonations et les expressions personnelles de son langage parlé. Le nouveau progrès n'était pas mince, il était considérable. Mais il nous restait encore un pas essentiel à franchir pour nous apporter le complet apaisement que nous recherchions : un contact direct avec notre fils.

Ceci devait s'effectuer en deux temps, mais de quelle façon à la fois calculée — non pas par nous, mais par Pascal — et confondante !

## III

# Le dialogue engagé

Un mois et demi après réception des enregistrements de Monique Simonet, je suis informé par François Brune de la tenue, à Bâle en Suisse, d'un « congrès international sur l'étude des zones frontières de la science », où il sera principalement traité de la « transcommunication instrumentale ». Ce congrès doit s'étendre sur quatre jours, du 9 au 12 novembre 1989. C'est le deuxième organisé sur ce sujet, le plus important.

En dépit d'une lourde charge professionnelle m'interdisant une absence de quatre jours, le concours accru que m'offrent pour cette période mes deux assistantes me permet de m'inscrire. Au nombre des intervenants figurent des scientifiques de haut niveau, tels les professeurs Senkowski, Moser, Schiebeler, tous trois physiciens, parmi trois cents à quatre cents personnes dont nombre d'Anglo-Saxons, d'Allemands, de Suisses et d'Italiens. J'ai la stupéfaction de ne dénombrer que sept Français, dont le père François Brune et Monique Simonet. Il n'en serait plus de même aujourd'hui, ne serait-ce qu'en raison de l'action de quelques associations et revues très actives sur le sujet[1].

1. Notamment l'association et revue « Parasciences », 8 rue de la Mare, Agnières, 80290, Poix de Picardie ; de même « Infinitude »,

Les Français, malgré un rattrapage notable, ont encore un retard significatif sur ce sujet. Question de tempérament national ? Je ne le crois pas. Cartésianisme mal digéré ou mal compris ? Conservatisme de la pensée face à l'inhabituel, au non-labellisé par la pensée officielle ? Qu'importe, cette situation va changer.

Parmi les ateliers de discussions ou de travail, j'avais relevé en particulier une réunion d'expérimentation sous la conduite de Hildegard Schäfer, assistée d'un ingénieur, J. Fornoff, devant se tenir le 10 novembre 1989, deuxième jour du congrès. La langue officielle de cet atelier était l'allemand, il n'était pas prévu de traduction simultanée mais j'espérais bien trouver un participant coopératif parlant français. Arrivé en avance, je parvenais, après quelques difficultés, à trouver une traductrice bénévole en la personne d'une journaliste reporter dépêchée sur place par une radio suisse, Orit-Yvette Tempelman, de Matten Interlaken.

Après vingt bonnes minutes d'exposé en allemand par Hildegard Schäfer sur la réalité et les caractéristiques de la transcommunication instrumentale, la narratrice déclare passer à l'expérimentation proprement dite, invitant tel ou tel participant à poser la question de son choix à un disparu qui lui est cher.

Tandis que Hildegard Schäfer met en marche un puissant magnétophone à bande et que mon aimable cicérone suisse en fait tout autant avec ses propres appareils et micros d'interview, un premier assistant se lève, pose en allemand une question à laquelle, lorsque l'animatrice repassera la bande complète, il n'y aura pas de réponse intelligible, seulement un son pouvant s'apparenter à un langage incompréhensible. C'est également

---

Le Mesnil des Frétils, 27250 Les Bottereaux, qui s'investissent particulièrement, et d'autres encore.

l'avis de mon aide journaliste qui, après nouvelle écoute sur son propre enregistrement, ne trouve rien de valable.

Avec l'approbation de cette précieuse assistante, je me lance à mon tour en posant une question à mon fils, évidemment en français. Cette langue n'a été ni ne sera utilisée une seule fois au cours de cette séance, sauf dans mes apartés avec ma traductrice. Hildegard Schäfer et son assistant, très courtois et chaleureux, avec qui j'échangerai quelques mot en fin de séance avec l'aide de ma traductrice, ne parlent pas un mot de français. Après m'être levé et avoir évoqué les conditions du drame survenu en juin 1988, je déclare à mon fils que « j'aimerais, s'il le peut, qu'il nous dise un mot, qu'il se manifeste, se fasse entendre ». Suivent quelques minutes de silence complet pour recueillir une éventuelle réponse, selon le processus habituel.

Avant même que Hildegard Schäfer ne fasse réentendre sa bande complète, mon aimable collaboratrice improvisée me fait écouter son propre enregistrement, celui de son magnétophone. Elle répète aussitôt, en même temps qu'une autre Française de Nice, Miranda S., qui était auprès de nous, ce que je viens moi-même d'entendre et n'osais, malgré ma joie, clamer avant que ces témoins extérieurs m'aient d'abord convaincu que je ne rêvais pas : « Content... je suis bien content. » L'audition, quelques instants après, de la bande de Hildegard Schäfer, nous fournit évidemment le même propos merveilleux et stupéfiant.

Cette journaliste, aujourd'hui rédactrice en chef de la revue *Wassermann Zeitalter* éditée à Matten, m'a laissé sa cassette originale. J'ai également pu obtenir, plus tard, par l'entremise du père Brune, copie de l'enregistrement obtenu par Hildegard Schäfer, évidemment identique.

Mon émotion était considérable, car c'était la première fois que, posant moi-même une question à mon fils, je recevais directement de lui une réponse immédiate.

Plus significatif encore, Pascal a délibérément utilisé les mêmes termes et le même qualificatif inédits que dans sa réponse faite sept mois plus tôt à Monique Simonet. Contrairement à la réponse habituelle des disparus : « Je suis heureux », il répète à nouveau l'expression, tout à fait inaccoutumée, antérieurement employée : « Je suis bien (très) content ». Et pour mieux souligner l'importance particulière qu'il attache à l'emploi du mot « content », il l'a même prononcé deux fois de suite. Ceci, d'évidence, pour que nous captions à coup sûr le mot et le propos et n'ayons dès lors aucun doute sur sa portée et l'identité de son auteur.

Cette première réponse directe de Pascal à ma voix se révélait d'autant plus fantastique en raison du lieu où je la recevais : à Bâle, dans une salle de béton, sans aucune ouverture sur l'extérieur. Le résultat inespéré que j'avais obtenu allait orienter irréversiblement mes recherches.

### *Nos échanges avec Pascal*

Avant d'exposer mes échanges avec Pascal, je me dois d'évoquer certains signes éloquents qui nous étaient encore envoyés simultanément, dont quelques-uns ont, au surplus, laissé des traces matérielles visibles.

Parmi nos nombreux gestes d'affection anodins et répétés envers Pascal, nous avions pris l'habitude, comme tant d'autres parents de disparus, de disposer une rose dans un vase col-de-cygne auprès de sa photographie. Bien sûr, nous n'avons jamais renoncé à cette pratique périodique devenue une tradition, à Asnières ou dans notre seconde résidence. Quelle ne fut pas notre surprise, après avoir mis en place chez nous notre première rose, de sentir dès le lendemain une puissante émanation de son parfum, comme nous ne l'avions jamais observé auparavant avec une quelconque fleur. D'autant que cette exhalaison subsistait jusqu'à ce que la fleur commençât à se faner. Et là, étonnement supplémentaire manifestant autre chose qu'une simple coïncidence : la durée de vie et la tenue parfaite de la rose dépassaient amplement celles habituelles de quelques jours, elles atteignaient souvent une huitaine de jours. Ceci s'est produit à plusieurs reprises. Il est vrai qu'il s'agissait, comme par hasard, de roses que nous avions prélevées sur le rosier grimpant devant notre maison, celles que Pascal aimait à tailler de loin en loin.

Je livre le fait tel que je l'ai vécu plusieurs fois ainsi que mon épouse. Je ne veux pas le monter en épingle, d'autant plus qu'il entre une part inévitable de subjectivité dans ce type de constatation. Je reste convaincu que le parfum exceptionnel et durable de la fleur joint à la longévité de celle-ci, ce depuis la disparition de mon fils, ne sont pas le fruit de notre imagination ni d'un stupide hasard (qui serait plutôt un hasard fort intelligent, qualité non typique du hasard, surtout quand il est répété).

J'ai appris par la suite que ce type de manifestation n'est pas un cas isolé [1]. Ceci me semble un motif supplémentaire d'attirer l'attention.

Un autre signe de présence puissant et inaltérable

---

1. Cette manifestation a été décrite notamment par Paola Giovetti dans son ouvrage *Messages d'espérance*, p. 52, de même par Sonia Rinaldi dans *Parasciences*, n° 38, novembre 1999, p. 29.

émis par mon fils se situe mi-août 1989, moment même où je faisais ma réservation pour le congrès de Bâle. Sur la terrasse de notre maison de vacances où nous avions reçu durant plus d'un mois ma belle-fille et mon petit-fils, j'avais pris deux photographies de celui-ci dans les bras de sa mamie. Mon épouse, qui portait Matthieu dans ses bras, était assise sur une chaise devant la rambarde à travers laquelle on apercevait une touffe de feuillage (frêne) éclairée par le soleil. Ces photos une fois développées, nous prîmes plaisir à les regarder et même, en raison de l'aspect charmant et réussi de l'une d'entre elles, j'en refis quelques tirages dont l'un, à notre retour, a été placé par mon épouse sur la cheminée de notre chambre à Asnières.

Huit jours plus tard dans l'après-midi, ma femme Éliane, qui se sent décidément attirée par cette photographie, monte dans l'intention irrépressible de l'admirer et de la scruter plus attentivement. Après quelques instants, elle éprouve un choc en découvrant que la partie du feuillage éclairée par le soleil derrière les deux sujets est l'image exacte de notre fils Pascal lorsqu'il riait parfois de façon extrême pour souligner sa joie. Pour qui a connu Pascal et ses enthousiasmes, cette image est indéniable. Malgré son bonheur devant une manifestation aussi catégorique qu'ahurissante, mon épouse attend avec impatience mon retour et mes réflexions.

Le soir même, elle me tend la photo en me priant, d'un ton neutre, de l'examiner attentivement. Alors que je n'avais précédemment accordé intérêt qu'aux deux bustes photographiés en gros plan sans avoir égard à ce qui les entourait, mon attention, quittant très vite les deux personnages, se porte évidemment sur la seule partie claire restante du cliché et je reconnais aussitôt, formé par le feuillage du frêne, le visage de mon fils arborant ses traits caractéristiques d'exubérante gaieté, que je décris avec émotion à ma femme. Détail émouvant, la tête de Matthieu qui sur la photo précédente se penchait sur sa droite contre celle de sa mamie s'est ici inclinée du côté opposé, exactement sous le visage de son père.

La reproduction est si parfaite que nous restons confondus. Cette image étonnante est d'un réalisme d'autant plus saisissant que, le feuillage se trouvant à environ trois mètres derrière les deux sujets photographiés, le visage qu'il révèle et qui regarde lui aussi l'objectif en même temps qu'eux, bien en position verticale, est d'une taille sensiblement plus faible, correspondant exactement à sa distance un peu plus éloignée de l'opérateur.

Non seulement nos amis proches, qui ont bien connu Pascal et son entrain, mais aussi notre belle-fille Sophie que nous nous sommes toujours gardés d'influencer, reconnurent immédiatement cette image comme étant celle de Pascal et personne d'autre. D'où il découlait bien sûr que, en raison au surplus du caractère récent du drame, de l'amour que Pascal portait déjà à son très jeune enfant et de la joie qu'il éprouvait à le voir choyé dans les bras de sa mamie, mon fils a profité de cette séance photographique pour matérialiser son image sur la pellicule sensible. J'ai évidemment fait agrandir cette photographie en 20 x 30, elle occupe sa place dans ma bibliothèque où je lui jette souvent un œil complice en forme de réponse à celui réjoui de Pascal.

Sans doute ne s'agit-il pas, tout comme pour les roses inhabituellement durables et odorantes, d'une preuve aussi certaine et péremptoire que les réponses obtenues en transcommunication, mais ces signes, ajoutés à tant d'autres si explicites et véridiques, ne peuvent à mes yeux faire de doute. Si d'aventure j'en avais, il me suffirait de réexaminer cette apparition et de me ressouvenir de l'attitude si particulière que prenait mon fils pour m'ôter toute hésitation.

Après l'évocation de ces quelques signes complémentaires, je reviens aux merveilleuses révélations de la transcommunication, pas seulement celles, considérables, qu'elle nous avait déjà apportées mais celles, encore plus exaltantes, qu'elle allait nous fournir.

Ce congrès de Bâle m'avait prouvé que j'étais pleinement apte à interroger mon fils et à obtenir de lui des réponses. Toutefois, je n'avais pas été moi-même le metteur en ondes, l'opérateur et manipulateur des appareillages audio. Il me restait donc un pas important à franchir : acquérir les matériels adéquats pour me livrer enfin chez moi à des essais de contact sans intermédiaire avec Pascal.

## *L'exultation du premier dialogue sans assistance*

M'étant promis de ne rien celer, je ne cacherai pas que l'inquiétude d'un éventuel échec m'habitait. Alors que les magnifiques messages obtenus par Monique Simonet et la fantastique réponse directe reçue au congrès de Bâle m'ouvraient les plus grands espoirs, je m'entourai de mille précautions et garanties avant de me mettre à l'œuvre : magnétophone performant, avec un ralentisseur, ne produisant que de faibles bruits de fond, amplificateurs et micros adéquats...

Cette période de maturation s'étendit sur plus d'une année, au cours de laquelle je puisai ma force dans les messages reçus et les conversations passionnantes avec mon ami François Brune dont les conférences dans le monde entier commençaient à se multiplier. Mon épouse et moi rencontrâmes également pour la première fois Monique Simonet le 6 mai 1990 chez elle, dans le cadre d'une visite amicale. Durant tout l'après-midi de ce dimanche, elle obtint en notre présence d'impressionnantes réponses de Pascal. Quelques-unes des plus belles :

Monique Simonet déclare qu'elle « va essayer la radio » comme support énergétique. Elle demande s'il peut dire son nom, à quoi il répond : « J'espère venir (sur ce support radio), c'est Pascal. » On se croyait prêts à tout entendre, mais, en recevant cette réponse de Pascal s'identifiant calmement par son prénom, quel frisson de joie.

À la question : « Est-ce que tu vois bien ton fils, est-ce que tu t'occupes bien de lui ? », il répond avec enthousiasme : « Mon fils, ça il me semble ! » L'émotion nous submerge.

Autre question : « Es-tu toujours content d'entendre ton père te parler chaque soir ? », réponse instantanée : « Heureux (cette fois il se déclare heureux, il estime certainement n'avoir plus besoin de nous transmettre un signal d'identité supplémentaire). Oui, mon père est près de moi. » La redite sous cette nouvelle forme d'une réponse approchante reçue il y a près d'un an nous emplit de bonheur.

Et comme, à ma requête, Monique Simonet, sur fond de chanson anglaise, lui demande plus précisément si « tu es souvent auprès de tes parents dans la maison », il répond vivement : « Oui, dans la maison. » Cette réponse est déjà bouleversante par tout ce qu'elle implique, mais soudain intégrée à la chanson anglaise dont elle reprend le son et la modulation, elle prend un relief fantastique.

Quand, pour clore la séance, Monique Simonet lui dit gentiment : « Au revoir Pascal », il répond immédiatement : « À tous au revoir. » Cette réponse, tout comme les autres, est bien révélatrice de la lucidité et de la sensibilité intactes et complètes de Pascal qui, bien qu'appréciant le grand mérite de notre animatrice, n'a pas oublié la présence de ses parents à cette séance et nous salue tous.

La cassette de ces enregistrements sera un souvenir bien agréable dans nos relations d'amitié avec Monique Simonet. Car à l'égal des cassettes que nous allions peu après obtenir nous-mêmes de Pascal, elle contient aussi la trace vivante enregistrée de nos échanges et interpellations avec Monique Simonet au cours de cette journée, s'imbriquant avec les questions ou les réponses de Pascal qu'ils suscitaient.

Quant au nombre des réponses reçues par Monique Simonet en un seul après-midi et dont je n'ai fourni qu'un échantillon (cinq sur dix-sept), il paraît révéler une médiumnité assez exceptionnelle de notre amie si l'on compare ces résultats à ceux obtenus par d'autres expérimentateurs. Il est indéniable que Monique Simonet possède une aptitude peu commune à entrer en contact avec les disparus, due à sa réceptivité particulière. L'expérience que j'allais vivre personnellement dans les mois suivants, marquée peu à peu par l'accroissement sensible de notre aptitude à recevoir les messages variés de notre fils, m'amènera à m'interroger sur les motifs essentiels de cette aptitude, indépendamment de tous les facteurs extérieurs aux deux participants à la transcommunication (état atmosphérique, moment de la journée, capacité énergétique de notre interlocuteur de l'au-delà...).

Je me suis jeté à l'eau le dimanche 28 octobre 1990, armé des matériels audio que j'avais mûrement choisis.

Quels que soient la qualité et le signifié bouleversants de nos enregistrements ultérieurs, celui-là restera le plus poignant, celui qui a définitivement fait basculer nos vies dans une intense joie sereine.

Ce dimanche, au retour d'une promenade avec mon épouse, je me livre vers 17 heures à un essai de contact avec Pascal. Mes tentatives dureront quarante minutes environ, au cours desquelles je prendrai successivement trois supports énergétiques radio : un fond de voix anglaise, puis allemande, enfin un bruit blanc d'ondes courtes qui me donnera le succès alors que j'allais renoncer.

Au début de ces trois tentatives, j'ai rappelé à Pascal notre bonheur d'avoir entendu ses messages à Monique Simonet, sa réponse à mon interrogation au congrès de Bâle ainsi que notre joie de l'amour qu'il nous a exprimé et que nous lui retransmettons avec la même force. J'ajoutai que ses messages d'amour reçus par nous, comme les nôtres évoqués par lui, constituaient notre plus grand bien, qu'ils étaient désormais notre certitude commune et que nous aurions sûrement l'occasion d'y revenir souvent. De sorte, ajoutai-je, que l'urgence pour nous n'était pas tellement d'extérioriser notre amour puisque « nous connaissons nos profonds sentiments réciproques », elle serait « surtout que tu m'indiques ta présence, me donnes des conseils techniques si tu le peux, c'est tellement important pour l'avenir de nos échanges ».

La réponse stupéfiante reçue au troisième essai, contenant trois propositions distinctes, est la suivante : « Oui, c'est très difficile... (un temps, puis) pour moi... (un temps, puis) toute ta technique est... (inaudible, puis) ton ampli est cru-el. »

Dans mon souci de mettre toutes les chances de mon côté, j'avais acquis un magnétophone italien de qualité semble-t-il excellente, mais dont la manipulation était complexe, de sorte que j'avais malencontreusement suscité plusieurs effets de sons très aigus, que Pascal déplorait ouvertement... et avec son franc-parler habituel que je reconnaissais bien. L'important était surtout son aveu qu'il lui était « très difficile » de communiquer avec moi, ce qu'il faisait cependant en répondant également à l'aspect « technique » de mon questionnement.

Je ne saurai jamais quel épithète qualifiait ma « technique » mais étant donné qu'elle était « toute » concernée par cette appréciation, et qu'elle avait de surcroît provoqué des ondes « cruelles », il était patent qu'elle n'était pas satisfaisante. Et ce terme est sans doute faible, la forme de la phrase impliquant plutôt une qualification du genre « inutile » ou « nulle » pour ne pas dire plus.

Me ressouvenant des recommandations des pionniers sur la fiabilité des matériels peu complexes — notamment celles de Hildegard Schäfer et de Monique Simonet —, je considérai la cause entendue et abandonnai désormais ce magnétophone trop complexe pour acquérir à sa place un modeste appareil Philips D6350, peu coûteux mais robuste et fort pratique (on pourrait également dire « convivial », si l'on veut paraître plus à la page). Cet appareil doté, en outre, d'un puissant ralenti (dont je devais apprécier par la suite l'importance pour de nombreux messages) a été en réalité abandonné par son fabricant depuis quelques années mais il en est d'autres aussi simples et performants.

En tout cas, ce message à triple détente, le premier directement provoqué et enregistré à mon initiative, indépendamment de l'immense joie qu'il procurait ainsi à mon épouse et à moi-même, répondait de façon inespérée à mes trois interrogations fondamentales :

— « difficulté » reconnue par notre disparu mais tout

de même surmontée, de nous faire entendre ses réponses ;

— « conseil » expéditif mais clair de renoncer à un appareillage inutilement complexe (voire coûteux), dont nous avons pu vérifier le bien-fondé dès les messages suivants ;

— identification de nouveau éclatante par le timbre de sa voix et sa franchise aussi bénéfique que révélatrice.

Par sa signification capitale aux plans psychologique et technique, ce premier message obtenu dans notre maison en direct était plus qu'un encouragement à persévérer, c'était l'aiguillon impérieux et stimulant d'un développement accru de nos contacts avec Pascal. Et cela dans une joie calme et détachée qui s'emparait dorénavant de nous, malgré les difficultés inévitables — annoncées par Pascal et qui se confirmeraient — de ce cheminement radieux.

Suite à la recommandation éloquente de Pascal, j'abandonnai sur-le-champ le magnétophone sophistiqué que j'avais un instant utilisé. Une semaine plus tard, le dimanche 4 novembre 1990, je me livrais à de nouveaux essais.

Bien qu'ayant moi-même déconseillé à Pascal dans notre contact de la semaine précédente d'utiliser son énergie à évoquer notre lien d'amour déjà manifesté de part et d'autre, je me sentais un peu frustré de ne pas en avoir encore reçu des manifestations directes chez moi, autant dire chez lui. Ce dimanche, dans le courant de l'après-midi, je faisais donc de nouveaux essais de contact par transcommunication tout en lui suggérant d'exprimer son affection après lui avoir rappelé la nôtre si puissante. Après une seconde tentative où j'utilisais un fond de chanson anglaise, je recevais en plein visage sa réponse vigoureuse répétée sept fois de suite : « Je vous aime, je vous aime en-core, je vous aime, je vous aime... »

L'enthousiasme du ton joint à la répétition claire et martelée de cette déclaration, lorsque je la découvris en écoutant ma bande, m'étreignit d'une émotion indicible. Nous avons reçu par la suite moult messages beaucoup plus raffinés et explicatifs, mais celui-là, même réécouté aujourd'hui, reste bouleversant par sa charge émotive.

Celle-ci se trouvait accrue par un phénomène impressionnant que je n'avais pas encore observé, savoir qu'il ne s'agissait pas d'une substitution de voix — métallique, ou masculine, ou incertaine — à celle de la jeune chanteuse anglaise, dont le chant se serait effacé ou atténué pour être remplacé durant quelques mots par une autre voix chantée ou non. C'était bien la même chanteuse, avec sa voix et son timbre inchangés, dans un niveau sonore sans modification, qui chantait soudainement ces mots en français, au cœur de sa chanson en anglais. Ce qui paraissait inconcevable, mais s'imposait cependant. C'était d'autant plus impressionnant que cette voix féminine restait la plus naturelle du monde, alors que, dans ses expressions soudainement prononcées en français, elle avait d'évidence été transformée par Pascal sans que cette manipulation pût être décelée au plan phonétique.

Certes, nous connaissons certaines chansons anglaises dans lesquelles l'auteur insère çà et là quelques mots français à la mode outre-Manche, tout comme la pratique inversée se rencontre parfois dans des chansons françaises. Ce n'était pas du tout cela car cette chanson anglaise, que j'eus d'ailleurs l'occasion d'entendre et de reconnaître quinze jours plus tard dans un petit restaurant familial, ne comporte absolument aucun mot en français.

Comment douter dès lors de l'éclatante survie de notre fils, de sa volonté persévérante de nous confirmer et de nous exprimer son amour maintenu intact ? L'hésitation est impossible.

Entre les deux messages que je viens de citer, reçus fin 1990, et le moment où j'écris ces lignes, nous avons enregistré quatre bonnes centaines de réponses ou d'interpellations. J'en écarterai évidemment une grande part, la moins révélatrice, car parfois répétitive sur certains aspects, quoique pas toujours de moindre qualité, tant s'en faut.

L'important est de faire connaître la substance exacte et essentielle d'une expérience qui s'est maintenant déroulée sur une décennie entière, pour permettre d'en tirer le sens et les révélations fantastiques qu'elle impose. Je ne citerai donc que quelques cas par année, m'attachant aux plus éloquents et démonstratifs.

Indépendamment des observations particulières qu'appelleront les messages cités, une remarque générale : tous ont été et sont des messages positifs, contenant des propos affectueux ou encourageants, faisant des recommandations, suggestions ou objections de forme et de ton rassurants. Aucun d'entre eux, même lorsque la voix entendue avait une résonance tout à fait étrangère à celle de Pascal ou parfois même à celle d'une voix humaine (cas des voix métalliques, assez rarement reçues), ne fut jamais agressif, désobligeant ou injurieux. Les messages reçus sont toujours des communications de soutien ou d'amour, jamais de mépris, de haine ou de moquerie. Même sur les sujets les plus concrets et prosaïques. Ces messages réconfortants excluent toute hypothèse d'intervention habituelle, à la place du disparu, d'esprits pervers ou étrangers, qui n'auraient assurément pas les mêmes égards.

En revanche et quoique je n'aie jamais connu ce genre d'incident en onze années, il peut se produire à titre exceptionnel, comme certains expérimentateurs l'auraient vécu, qu'une réponse idiote voire déplacée soit soudain enregistrée. De telles intrusions, outre leur caractère inusuel, signent leur origine parodique et factice par l'inintérêt, la vulgarité et en tout cas l'inadéquation complète de la réponse à la question. À plus forte raison par l'absence systématique de toute identification de la voix à celle du disparu.

Il s'agirait évidemment, en ces cas rares, de la manifestation d'esprits de disparus peu évolués. Ceux-ci, par inadvertance ou autrement, se seraient « branchés » sur le canal personnel de notre disparu, habituellement connu et pratiqué par lui seul. Monique Simonet, qui a rencontré cette difficulté anecdotique, fournit d'ailleurs le moyen d'en éviter la reproduction : envoyer promener sèchement l'esprit égaré qui s'abstient généralement de recommencer.

### *Pascal nous rencontre à volonté*

Le 10 janvier 1991, mon épouse va faire une tentative de contact avec Pascal, mais sans utilisation d'aucun fond énergétique. Nous avons décidé de tenter cette expérience bien qu'elle soit peu fréquemment couronnée de succès, car elle permettrait d'obtenir des réponses très claires, sans aucun bruit ni parasite. Seul le faible bruit continu de la bande passante est perceptible.

Mon épouse demande : « Pascal, es-tu là ? Peux-tu me

parler ? » Réponse immédiate de Pascal, en des termes aussi limpides que surprenants : « Je vais te parler au passage. » La voix est ferme, de même le timbre et l'intonation sont rigoureusement ceux de Pascal. En particulier on reconnaît, dans sa prononciation des mots « au passage », les trois notes distinctes d'une finale appuyée et confiante dont il était si coutumier. Quant au contenu du message, il est si étonnant et imprévu qu'on en reste ébahis, mais ravis. On peut s'interroger sur le sens exact de ce « au passage », qui évoque le mouvement, le voyage ou simplement l'opportunité du contact, selon le sens qu'on lui accorde.

Une chose reste certaine : Pascal fait entendre à sa mère qu'il est apte à la rejoindre à tout moment pour établir le contact comme il le prouve par ces mots. C'est exactement ce qu'il avait fait en me contactant un an plus tôt au congrès de Bâle, bien loin de notre domicile. La claire affirmation de cette aptitude à « passer » à volonté au point où nous nous trouvons est une sérieuse avancée.

Quant au sens exact de l'expression utilisée, il apparaît peut-être plus nettement dans un autre message que nous recevrons durant les fêtes de Pâques 1993. Depuis nos premiers contacts directs de fin octobre 1990, nous avions en vain tenté à deux reprises, lors de déplacements vers notre pied-à-terre du Calvados, de nouer un contact avec Pascal en ce lieu. Nous faisions ce jour-là notre troisième essai, mon épouse tentant depuis quatre-vingt-dix minutes d'obtenir une réponse qui ne venait pas. Avant de clôturer cette séance, je pris le relais pour une dernière tentative. Comme mon épouse, j'évoquai les souvenirs importants que mon fils avait également dû laisser ici, où il avait passé d'heureux moments, lui demandant de se manifester à ce propos.

Nous recevons sa réponse, de sa voix parfaitement

identifiée : « Oui. C'est pas ici. » Nous sommes stupéfaits de cette réponse qui contient à la fois un assentiment et une désapprobation. De toute évidence, le « oui » nous concède qu'il a vécu ici des moments heureux, mais le reste de la phrase exprime clairement que ses plus grands souvenirs ne sont pas ici mais en notre maison d'Asnières où il a vécu sa jeunesse.

Aiguillonné par ce succès, je lui demande s'il peut me faire une autre déclaration et, sur fond d'une nouvelle chanson anglaise qui a succédé à la précédente, il nous répond : « Je suis passé. » Ravi de sa réussite précédente, Pascal nous dit sa satisfaction d'avoir pu « passer », d'avoir réussi à nous transmettre sa réponse. C'est certainement le sens qu'il faut attribuer à l'évocation de ce nouveau « passage ».

Le 28 mars 1991, mon épouse, s'appuyant sur un fond de radio anglaise, ne peut s'empêcher de poser elle-même à Pascal une question qui lui brûle les lèvres, bien que notre fils ait déjà fourni une réponse sur ce sujet dans le passé à Monique Simonet. La nature de la question est évidemment très importante, en raison de ce qu'une réponse positive impliquerait. Elle demande à Pascal : « Voici une question pour ton père, pour Dady, l'entends-tu toujours bien le soir quand il te parle ? » Et sur cette chanson anglaise interprétée par un homme, la voix de celui-ci s'exprimant soudain en français — avant de reprendre aussitôt et imperturbablement son texte en anglais — répond avec l'enthousiasme puisé dans les sonorités dynamiques de la chanson : « Père, père, à ton côté ! À ton côté ! »

Si, sur le fond, cette réponse est la même que celle faite antérieurement à Monique Simonet, ses termes sont tout à fait nouveaux et, dans une manifestation bien émouvante que nous constatons pour la première fois, il s'adresse directement à moi. Puisque la question posée concernait les propos que je lui tiens chaque soir, il a eu la finesse et l'à-propos, pour utiliser de façon optimale l'énergie ou le canal dont il peut disposer pour un bref instant, de répondre à mon épouse tout en m'apportant une réponse directe. On a ici, de nouveau, l'illustration de l'intelligence, de la vivacité d'esprit et de la sensibilité entièrement conservées par le disparu. C'est merveilleux et remarquable. De plus, cette intelligence préservée s'exprime aussi dans les termes utilisés dans la réponse : non seulement ils sont différents de ceux employés par Pascal avec Monique Simonet, mais ils sont étrangers à ceux contenus dans la question de mon épouse dont les mots ne sont pas répétés, même en partie. La réponse est si personnelle, appropriée et inédite qu'on ne saurait, sans se ridiculiser, la rattacher à l'hypothèse émise par certains de résidus de conscience ou de mémoire cosmique baptisés « coques » ou autres traces de mémoire universelle baptisée « chronique d'Akasha ». Appliquées à des messages aussi personnels et adéquats que celui-là — forme grammaticale comprise —, de telles hypothèses apparaissent toutes plus imaginatives et extravagantes les unes que les autres. Aucune d'entre elles, sauf à se réfugier dans la magie ou dans l'ésotérisme le plus échevelé, ne peut rendre compte de l'adéquation, de la spontanéité et de l'exaltation de cette réponse — comme d'autres déjà reçues et tant d'autres que nous recevrons —, à quoi s'ajoute encore l'identification de la voix.

Le 14 avril 1991, au terme d'une tentative d'essai en fin de journée qui, après trois quarts d'heure d'efforts, n'a pas donné de résultat, mon épouse renonce à tout bruit de fond et déclare en s'excusant : « Ces chansons (étrangères dont elle s'était servie) étaient peut-être trop longues... je vais te dire au revoir, je te dis à demain, au revoir... à toi... » Et elle entend aussitôt, avec une netteté extraordinaire, les deux notes caractéristiques du sifflement de connivence et d'affection que lançait Pascal lors de ses retrouvailles avec nous : « Fuii... hou-ou. » Bien qu'il paraisse audacieux d'affirmer que cette voix est exactement la sienne, s'agissant simplement de deux notes émises de façon prolongée (sur le si et le la), cela ne fait aucun doute pour nous qui avons si souvent entendu notre fils utiliser ce mode de reconnaissance amicale.

Ce qui est encore plus extraordinaire, c'est que pour la première fois mon épouse a clairement entendu les deux notes avant de les découvrir à l'écoute de la bande enregistrée. Stupéfaite, elle repasse immédiatement la bande sur laquelle elle retrouve exactement les deux notes entendues directement dans la pièce où elle se trouve (notre salle de séjour). Elle se précipite dans le vestibule et m'interpelle alors que j'étais enfermé dans mon bureau au premier étage et je lui réponds bien entendu que je n'ai pas prononcé le moindre mot.

Il serait vain d'insister sur l'émotion et la stupéfaction de ma femme comme de moi-même devant ce phénomène que nous rencontrions pour la première fois. Je n'ai aucune explication particulière à fournir, si ce n'est que ce genre de manifestation, ai-je alors appris, se produit parfois, de façon très rare. On l'appelle une « voix directe ».

Notre belle-fille Sophie, tout comme nos amis proches qui ont bien connu Pascal et son interpellation favorite, ont été frappés par son hallucinante authenticité. Et c'est peu de dire que ce message vocal composé de deux simples notes, lorsque nous le réécoutons, vaut mieux qu'un long discours.

Le 21 avril 1991, à mon tour, je me mets à l'ouvrage en cette fin d'après-midi avec un réel entrain. Je n'ai plus l'angoisse d'un éventuel échec, notre courte expérience de six mois nous ayant montré qu'en dépit de certaines tentatives de contacts infructueux de mon épouse avec Pascal durant une ou deux après-midi consécutives — nous ayant sur le moment laissés plus accablés que nous ne le pressentions —, les essais suivants avaient connu le succès.

Je demande à Pascal de me parler de lui, de son existence, du lien admirable continuant de nous unir, ou de ce qui lui vient à l'esprit. Et il me fournit rapidement sa réponse sans ambiguïté : « Mon amour ! Ton amour ! Notre amour ! » Les mots venant se substituer à ceux de la chanson anglaise sont articulés de façon ardente et claire tout à la fois. Je ne pouvais espérer une réponse plus parfaite et encourageante par sa forme comme par son contenu.

On observe ici un aspect qui, en m'émerveillant, révèle d'une autre manière la sensibilité et l'intelligence intactes de Pascal, qui pour bien exprimer ses sentiments et ses remerciements dans ce court message emploie successivement trois possessifs différents : « mon », « ton » et « notre ».

Il s'avère que ces messages enregistrés par transcommunication sont relativement courts, à la différence de ceux que certains peuvent recevoir par écriture automatique en particulier[1]. La faible longueur ou la brièveté de certains messages ne dessert pas leur clarté, bien au contraire. Chaque message répond de façon complète à la question posée, la plupart du temps sous une forme imprévue et forte, pleine d'amour ou de joie. C'est ce que le père Brune, qui continuait de suivre pas à pas les développements de nos contacts avec Pascal, observait avec ravissement. Il allait bientôt, en été 1991 et au

1. *Dites-leur que la mort n'existe pas*, commenté par François Brune, *op. cit.*

début 1992, partager notre émerveillement en présence de répliques plus fines et ciblées encore que les précédentes.

Le 28 mai 1991, mon épouse interroge Pascal, lui demandant « si tu es là avec moi ». Il répond en élevant en crescendo les deux derniers mots : « Je suis là avec toi. » Une fois de plus, il ne bafouille pas, sa réponse immédiate, par la voix de la chanteuse anglaise — qui elle aussi serait sans doute bien surprise de s'entendre énoncer cette phrase en français —, respecte bien, de nouveau, la syntaxe (puisque le « avec toi » répond bien au « avec moi » de l'interrogatrice). Quant au réconfort d'une telle affirmation, je n'y insiste pas.

Le même jour, mon épouse demande : « Mon Pascal, je voudrais que tu me parles de ton fils Matthieu. Est-ce que tu le vois, es-tu avec lui souvent ? » Réponse de Pascal qui, de nouveau et par un raccourci saisissant, s'adresse directement à son fils à travers sa mère : « Matthieu, tout le temps je t'aime. » En outre la lenteur calculée de la prononciation de cette phrase en souligne la force émotionnelle.

### *Un nouveau messager inattendu*

Le 16 juillet 1991, mon épouse va faire une tentative audacieuse en interrogeant Pascal au sujet d'une personne aimée disparue depuis longtemps, en tentant de savoir si cette personne pourrait encore lui répondre. Il s'agit de son propre père qu'elle a perdu alors qu'elle était âgée de 6 ans. Elle n'en a que quelques souvenirs épars. Quant à Pascal, il n'a évidemment pas connu ce grand-père. Question de mon épouse : « As-tu rencontré

Charles, mon papa, qui est parti il y a si longtemps ? Et toi, papa, peux-tu me dire quelque chose ? » Le speaker allemand, dont la langue très claire et articulée se mue soudain en français sans changement dans le ton ni le timbre de sa voix, dit : « Petite enfant... c'est moi. » Ces derniers mots sont très forts et appuyés.

C'est un saisissement pour mon épouse, qui n'osait tant espérer. Les mots « petite enfant », qui n'ont pas été employés par mon épouse dans sa question, laissent assez entendre qu'ils sont prononcés par le père, Charles Froyard, disparu alors que sa fille n'était encore qu'une fillette, ce qu'il souligne par cette expression. Et les mots suivants, « c'est moi », écartent définitivement toute hésitation. C'est bien le père, si fantastique que cela paraisse, qui vient de s'exprimer avec tendresse.

Le cas n'est pas inédit. Nos disparus — ou certains d'entre eux — seraient en mesure de se manifester encore un siècle plus tard, ainsi qu'il a été constaté en mai 1987, au sujet d'un chimiste français, Henri Sainte-Claire-Deville, mort en 1881[1]. Le fait n'en reste pas moins impressionnant lorsqu'on le vit et l'entend. Même la réécoute de cette cassette, tout comme les plus belles de Pascal, nous empoigne chaque fois.

Un autre message de Pascal, du 31 juillet 1991, est fascinant par son rappel d'un souvenir qui était entièrement sorti de notre mémoire depuis plus de deux décennies. Ce jour-là, après quelques essais infructueux pendant une heure et demie, mon épouse décide en fin d'après-midi de clore cette séance et déclare à notre fils : « À demain, bonsoir et merci. On va terminer sur cette cassette. » Et elle conclut : « Ici c'est maman, la

1. Cf. *Les morts nous parlent, op. cit.*, p. 38-39.

Tif, elle te dit qu'elle t'aime. » Ce surnom « Tif » vraiment peu élégant et qui avait été inventé par Pascal adolescent pour qualifier de temps en temps sa mère en privé de manière goguenardo-tendre (c'était une déformation de « Titi », ou « Maman-Titi », surnom qu'il lui donnait lorsqu'il était beaucoup plus petit) est revenu spontanément sur les lèvres de ma femme, mais Pascal va faire mieux encore dans la résurrection d'un passé complètement oublié. Réponse de Pascal par la voix du speaker allemand s'exprimant soudain en français dans une courte pause entre deux phrases en allemand : « Ici c'est petit Bibiche. » Sa mère venant de lui dire : « Ici c'est... la Tif », on remarque à nouveau l'à-propos de Pascal qui répond à son tour dans la même forme syntaxique que la question : « Ici, c'est... » Nous sommes maintenant accoutumés à ces réflexes immédiats de son intelligence préservée, ce n'est pas ce qui nous stupéfie le plus. Ce surnom « petit Bibiche » qu'il se donne pour répondre à sa mère, c'est celui qu'elle lui avait donné de temps à autre, durant ses plus tendres années (jusqu'à l'âge de 4 ou 5 ans au plus) et qui n'avait plus jamais été utilisé depuis. À tel point que, lorsque mon épouse puis moi-même entendîmes tour à tour cette réponse, nous restâmes l'un et l'autre interloqués pendant près d'une minute, avant de redécouvrir et d'accepter la fantastique réalité de cette appellation si obsolète qu'elle ne nous serait jamais revenue spontanément à l'esprit.

Recevoir un signal aussi fort et intime après vingt-cinq ans d'oubli complet, envoyé par notre fils disparu trois ans auparavant, quel bonheur et quelle plus belle preuve de sa survie et de son amour. Nous recevrons en octobre 1992 un message de même nature, d'esprit et d'intention proches. Éliane, ma femme, demandant de nouveau à Pascal « si tu es heureux » (cette question banale est si vitale pour nous, qu'elle est souvent irrépressible), Pascal lui répondra avec enthousiasme et passion, en utilisant soudain un autre surnom affectueux dont il la gratifiait dans sa jeunesse : « Ma Kiki, heureux. »

Tels sont, en cette fin 1991, quelques-uns des messages les plus intéressants reçus de notre fils durant cette première année de transcommunication. Ce ne fut pas toujours aisé, tant s'en faut. Plusieurs heures d'essais bien souvent, pour une ou deux réponses obtenues. Mais quelle joie, quel réconfort nous donnait chaque réponse. Ces messages avaient éradiqué notre désespoir. Ils avaient pour jamais inscrit en nous la certitude de la survie immédiate de Pascal et de nos retrouvailles futures. Ils étaient en train de changer notre vision de la vie, pas seulement future, mais présente.

Si étonnante ou choquante que pourrait sembler à certains l'opposition entre la matérialité des traces indélébiles du procédé et la spiritualité dont il révèle l'existence, il s'agit de faits palpables et indéniables devant lesquels la raison doit s'incliner. Et pour une fois, le cœur et la raison sont en résonance.

### *Une réponse protestataire*

Au début de l'année 1992, poursuivant bien entendu nos contacts par transcommunication avec Pascal, mon épouse essaie une nouvelle fois d'entrer en relation avec son père qu'elle eut si peu le temps de connaître. Le 10 février, elle demande : « Pascal, peux-tu me dire si tu es avec Charles, ton grand-père ? » Réponse immédiate du speaker allemand : « Ensemble. » Mon épouse (qui n'a pas encore écouté sa bande et entendu cette réponse) ajoute : « J'insiste, est-ce que mon père peut me dire quelque chose à propos de la Bretagne, de la maison de Rennes ? » (Lorsque son père mourut, alors qu'elle avait 6 ans, ma femme habitait un pavillon à Rennes, rue de l'Amiral-Courbet, avec son père et sa mère.) Nouvelle réponse abasourdissante : « Betton », prononcée d'une façon calme et posée, nette et bien articulée. Cette réponse inattendue, malgré sa brièveté, est certainement l'une des plus belles que nous ayons reçues. D'abord elle va identifier de nouveau et de façon certaine, le père de mon épouse. Elle va faire ressurgir un élément personnel et intime de la vie commune si ancienne de la questionneuse et de l'interpellé. En effet Betton n'est autre que le nom du village où ma femme est née, non loin de Rennes où ses parents s'installèrent ensuite, quelques années avant la disparition du père. Cette identification stupéfiante nous laissait figés de saisissement et d'émotion. Nous n'aurions pu imaginer réponse plus inattendue et personnelle, plus marquante de l'existence poursuivie d'un disparu, de sa volonté de le prouver en s'identifiant de façon incontestable.

Le lendemain 11 février 1992 allait nous apporter une réponse encore plus étonnante à maints égards. À tel point que, dans son second ouvrage écrit en 1993 en collaboration avec le professeur Rémy Chauvin[1], c'est ce message que le père Brune a choisi d'exposer et de commenter[2], parmi quelques autres, pour démontrer que ces communications de courte durée reçues par la

1. *En direct de l'au-delà*, réédité et complété aujourd'hui sous le titre *À l'écoute de l'au-delà, op. cit.*

2. « Paroles d'amour », p. 213 et 214.

famille d'un disparu ne peuvent émaner que de lui, et non de quelque autre origine. L'analyse du cas et son commentaire par le père Brune étant parfaits, je préfère lui laisser la plume :

> Ce jour-là, sa mère venait de tenter un contact en s'aidant d'un support (radio). En s'apercevant qu'il s'agit d'une chanson en français, elle arrête aussitôt l'enregistrement (la radio) pour s'excuser auprès de son fils et lui annoncer qu'elle va reprendre quelque chose en allemand. Voici le texte :
>
> Mme R. : « Tu pourrais nous faire une petite identification, mon Pascal ? Cela nous ferait du bien, à ton père et à moi. »
>
> (Chanson d'Alain Souchon : « ... près de toi... je t'aime sur des blues... comme je t'aime. »)
>
> Mme R. : « Je reprends ces voix étrangères, ces voix allemandes, tu peux t'identifier un petit peu, tu peux nous dire quelque chose, mon Pascal, ce que je t'ai donné là n'était pas bon. À toi, mon chou. »
>
> Voix enregistrée, comme une réaction immédiate : « Mais si, c'était bon ! »
>
> Je possède une copie de l'enregistrement et je peux attester que la voix est nette, bien formée et que les mots prononcés ne posent aucun problème d'identification.
>
> On pourrait imaginer, dans l'hypothèse animiste, que ce soit M^me^ R. elle-même qui, soudain, réalise que ces paroles étaient belles et que son subconscient ait projeté ces mots sur la bande magnétique. Mais la voix est nettement masculine et jeune. Il faudrait un subconscient bien retors et bien rapide pour réagir aussi vite et avec des ruses psychologiques aussi subtiles.
>
> Pascal a-t-il voulu seulement dire à sa mère qu'il aurait bien pu faire passer sa voix sur ce support ? C'est possible. Mais peut-être a-t-il voulu plutôt faire comprendre à sa mère que ces paroles d'amour correspondaient bien aux sentiments qui les unissaient par-delà la mort ? C'est, semble-t-il, le plus probable.

Cette analyse se suffit à elle-même. On peut toutefois être incité à se poser, à l'écoute de cette réponse, une question complémentaire. Pascal a-t-il, comme le suppose le père Brune, seulement saisi l'opportunité — si j'ose dire — de cette chanson française pleine d'amour pour la dédier à sa mère et la rassurer aussitôt quand elle croit s'être fourvoyée ? Ou bien Pascal aurait-il volontairement incité sa mère à se porter à son insu sur ce poste français où il savait qu'elle entendrait des mots qu'il lui destinait ?

La question n'est pas absurde, en raison des capacités confondantes montrées par nos disparus et des plus récentes découvertes des sciences physiques. Si les particules ou vibrations servant de support à nos disparus dans la dimension d'existence qui est la leur s'animent à une vitesse supérieure à celle de la lumière régissant notre monde terrestre, il n'est aucunement exclu — comme certains de leurs messages semblent d'ailleurs l'indiquer — qu'ils aient connaissance de notre proche avenir et que — pourquoi pas ? — ils puissent en influencer l'orientation future, du moins sur des aspects mineurs[1].

Cette hypothèse est certes aléatoire et sujette à discussion, je l'évoque cependant parce qu'elle aura inévitablement effleuré l'esprit d'un certain nombre de lecteurs, tant ce cas surprenant ouvre de multiples réflexions.

1. Tout comme ils pourraient, à l'inverse et dans la même hypothèse scientifique globale, remonter dans notre passé et en percevoir immédiatement le vécu même très ancien (selon l'exemple du voyage imaginé par le professeur Paul Langevin).

Le mercredi 13 mai, mon épouse demande à Pascal : « Est-ce que je peux essayer souvent des contacts avec toi, penses-tu que ce n'est pas néfaste ? » Nous nous sommes en effet demandé, comme d'autres transcommunicateurs, si une fréquence excessive de nos tentatives ne risquait pas d'être nocive pour Pascal — qu'il s'agisse des conditions normales et actuelles de son existence ou de son évolution[1]. Réponse immédiate de Pascal, par la voix claire et ferme du speaker allemand : « Souvent. »

Nous avons pris au pied de la lettre ce message rassurant en continuant assez fréquemment nos contacts sans pour autant tomber dans un excès que nous avions instinctivement refusé.

Le 19 mai Éliane demande à Pascal : « Mon chou, peux-tu me dire où tu es en ce moment ? » Sur le fond de voix allemande, il répond clairement et avec rapidité : « Dans tes bras. »

Cette réponse courte est tellement inattendue et porteuse d'une telle charge d'amour — et sans doute aussi de souvenirs, délibérément rappelés à ce propos — que

1. La question aurait d'ailleurs pu se poser aussi pour nous-mêmes, quant à notre équilibre psychologique ou physiologique, quoique nous n'eussions aucune préoccupation de cette sorte. Nous avons toutefois appris par la suite que dans des conditions de pratique très intensive de transcommunication, quotidiennement et/ou d'une longue durée — ce que nous n'avons jamais fait —, des troubles peuvent, paraît-il, être observés exceptionnellement chez certains expérimentateurs. Cf. à ce sujet l'observation du père Brune dans *Les morts nous parlent*. Je relève toutefois qu'en dépit de milliers de contacts provoqués gracieusement par Monique Simonet au long des années dans l'intérêt des familles désespérées, cette expérimentatrice n'a pas été victime de troubles particuliers. Mais sans doute la mesure, en ce domaine comme en tout autre, doit-elle être recommandée.

ma femme en est bouleversée. Rentrant le soir et prenant connaissance de la cassette, je ne le suis pas moins.

En dépit du contact corporel volontairement suggéré par les mots « dans tes bras », on ne peut assimiler ce toucher des âmes à une effusion humaine. Mais à y réfléchir, on n'en est sans doute pas éloigné. Car une particularité essentielle de nos disparus est l'évidente identité et fusion entre l'être et sa pensée. Contrairement à nous, lorsqu'ils nous envoient leur pensée, c'est leur être même dans son unité qu'ils transportent et projettent vers nous.

Peu importe le nom dont on désigne cette personnalité si vivante, intelligente et indépendante, comme les messages l'ont invariablement prouvé : corps astral, corps spirituel[1], ou corps glorieux. Bien que n'étant pas matière mais énergie mentale, cet être de nos disparus a nécessairement pour support un ensemble organisé de particules ayant une réalité matérielle ou matérialisable (comme toutes les ondes, rayons ou courants à ce jour identifiés). Il n'est donc pas paradoxal de supposer que les contacts pris par l'entité de nos disparus, surtout lorsque ces derniers se déclarent en relation corporelle avec nous (« je suis avec toi », « dans tes bras »...), revêtent un certain caractère physique, nonobstant la nature et le contenu essentiellement psychiques de leur existence et de leurs messages.

C'est en tout cas ce que ma femme et moi avons ressenti et continuons d'éprouver à l'écoute notamment du message du 19 mai 1992 si suggestif, dont plusieurs similaires nous furent délivrés ultérieurement.

1. Selon saint Paul, première Épître aux Corinthiens, 15, 42-49.

## *Les chants monastiques inspirent Pascal*

Nous avons eu connaissance, par les ouvrages de Hildegard Schäfer, de Monique Simonet et par divers entretiens, des résultats améliorés souvent obtenus avec double fond énergétique composé de deux radios étrangères différentes mêlées. Ma femme décide donc, le 2 septembre 1992, d'essayer ce procédé. Comme d'habitude, elle s'en ouvre franchement à Pascal en lui demandant son avis. Elle obtient une double réponse, la seconde élargissant la première.

Question : « Je t'ai mis en fond sonore deux postes radio dos à dos, l'un de voix allemandes, l'autre anglaises. » Avant qu'Éliane ait fini son propos, on entendra à l'écoute une première réponse immédiate : « Ça commence bien », très fortement et nettement prononcé par un speaker dont ces paroles se sont substituées au sabir anglo-allemand. Continuant son propos, ma femme, qui n'a pas encore écouté cette réponse, ajoute : « On fait seulement un essai, n'est-ce pas ? Que penses-tu de tout cela ? » Réponse immédiate aussi claire et articulée que la précédente : « Je pense bien. »

Nous avons donc la satisfaction, ce jour-là, d'apprendre successivement que cet essai de mélange linguistique démarre bien et qu'il convient finalement de le déclarer satisfaisant. Nous disons à Pascal un grand merci pour cette nouvelle avancée réalisée avec son concours. Suite à cette encourageante approbation, ma femme recevra un certain nombre de messages avec l'emploi de cette méthode qui sera désormais alternée avec toutes les autres.

Le 6 septembre, l'intérêt n'est pas dans la question — déjà posée sous une autre forme — mais dans le commentaire par Pascal lui-même, dans le martèlement répété de sa réponse. À deux reprises déjà Monique Simonet (en mai 1990) puis mon épouse (en janvier 1991) ont demandé à Pascal s'il entendait son père lui parler chaque soir. C'est moi qui, en cette fin d'été 1992, ne puis résister à l'envie de lui demander à mon tour : « Es-tu toujours présent le soir et m'entends-tu te parler ? » Sur le fond de chanson anglaise très rythmée, il va d'abord répondre, avant même que j'aie fini de poser complètement ma question puis après encore, et ce à huit reprises successives : « Je t'en-tends !... Je t'en-tends !... »

La clarté et l'enthousiasme mis par le chanteur anglais à prononcer huit fois de suite au cours des trente-cinq secondes écoulées cette réponse étonnante constituent une des plus belles preuves de l'amour de Pascal et de sa volonté de le proclamer avec force.

Mais à l'issue de cette chanson anglaise, dont le rythme se ralentit un peu pour faire place à des notes mélodiques finales plus lentes et plus amples, on entend soudain, d'une voix masculine plus basse et guillerette, au-dessus de la chanson dont elle se distingue : « On a eu le choix, hein ! » C'est là une allusion évidente au nombre de paroles trisyllabiques répétées qu'il a utilisées comme support à ses « Je t'en-tends ». Ce commentaire de Pascal, allègre et plein d'humour, venant renforcer de manière si inattendue son message répété, nous aurait presque fait oublier leur fervent contenu.

La brièveté dans les expressions n'exclut pas, on le voit, la qualité saisissante des résultats. Au contraire même, semble-t-il, la relative difficulté pour nos disparus de faire passer leurs messages les oblige à une concision des idées et des mots qui, d'évidence, les rend encore plus expressifs et percutants.

Si le mot « fantastique » vient irrésistiblement à l'esprit lorsqu'on reçoit ces messages, c'est simplement au sens de « formidable » qu'on doit le prendre. Car il n'y a rien d'effarant dans toutes ces réponses, dont le bon sens, le réalisme et la tendresse sont constants. Et c'est bien cela qui justement consacre la valeur des révélations de la transcommunication instrumentale : une vérité et une authenticité personnelle avérées.

À partir de 1993, ma femme va utiliser de temps en temps des cassettes préenregistrées de chants ou langues étrangères comme fond énergétique. L'une d'elles nous intéresse particulièrement, il s'agit de chants du chœur des moines de l'abbaye de Chevetogne. L'ampleur, la douceur et l'élévation de ces chants de la liturgie byzantine en slavon ne peuvent que s'accorder avec notre état d'esprit lors de ces tentatives de contact. À trois reprises, durant cette année 1993, nous recevrons des réponses intenses et stimulantes, dont la dernière était hors de toute prévision.

Le 22 janvier, alors que je n'ai personnellement pas refait de transcommunication depuis plus de quatre mois environ, mon épouse demande à Pascal : « Pour Dady et pour moi, Pascal, dis-nous si tu es toujours avec nous. » Réponse immédiate du chœur des moines chantant clairement ces syllabes en français sur le même ton grave, paisible et lent : « Près de toi. »

Nous pensons que Pascal ne pouvait forger une plus belle formule pour répondre à notre question par la voix des moines. Il va sans dire qu'après la réécoute à plusieurs reprises de cet exaltant message, nous avons repassé sur notre magnétophone la cassette originale du chœur des moines de Chevetogne, qui ne contient évidemment aucun son ou texte étranger tel celui ci-dessus enregistré. Cela aussi bien à l'endroit concerné de la cassette qu'en tout autre point de son déroulement.

On en recevra un autre comparable le 7 juin 1994,

date anniversaire de la disparition de Pascal, dont les deux derniers mots sont poignants : « Je suis ici. Je vis. »

Le 8 février, ma femme et moi avons de nouveau rencontré, dans un but exclusivement amical, la médium Mme C. À la fin de nos échanges et après s'être concentrée quelques instants, elle nous annonce spontanément que Pascal « viendra à la fin de la semaine, certainement même ce samedi ». Cette annonce n'a en soi rien d'étonnant pour nous, si ce n'est peut-être la proximité de la manifestation et surtout sa désignation originale évoquée, celle d'une « venue ». Ceci n'est pas sans évoquer pour nous deux autres messages déjà reçus de Pascal, ponctuant son « passage ».

Mon épouse, qui a fait un essai de contact au cours de la semaine, le réitère le samedi 13 février — jour il est vrai décidé par elle, un peu en connaissance de cause. Elle utilise pour fond la cassette des moines de Chevetogne et fait part à Pascal de notre entrevue avec Mme C. et de son annonce d'un rendez-vous très proche avec lui, mais sans évoquer ou employer à aucun moment le verbe « venir » prononcé par la médium. Le premier chantre, à un moment où sa voix domine nettement celle du chœur qui l'accompagne, au beau milieu de son chant en slavon, répète distinctement et avec ferveur à deux reprises : « Je viens. » Comme d'habitude, la cassette originale ne contient aucune trace de cette réponse enregistrée dans sa copie.

La venue pronostiquée a bien eu lieu et elle s'est exprimée précisément dans les termes exacts dont s'était servie la médium. Pascal avait-il, lors de notre rencontre avec la médium, parlé à celle-ci de sa « venue » le samedi suivant ou avait-il employé une expression approchante, ou encore retenu l'emploi du verbe « venir » prononcé par celle-ci, peu importe ; il est en tout cas patent qu'il a délibérément employé l'expression

« je viens » pour authentifier son message en même temps, sans doute, que la prédiction de la médium.

En septembre 1993, sur ce même fond lumineux de chants monastiques, nous obtiendrons encore plus inattendu. Mon épouse essaie d'entrer en contact avec Pascal en le priant d'intervenir pour aider une petite fille tragiquement disparue à se manifester. La cassette originale des chants de Chevetogne est de nouveau mise à contribution et, à l'écoute de l'enregistrement au bout de quelques minutes, sur le fond des chants mais en dehors et au-dessus d'eux, une manifestation extraordinaire pour nous va se produire. Pendant que le chœur poursuit son chant qui s'est sensiblement atténué, une voix de femme, très jolie, éthérée et angélique, va dérouler son mouvement mélodique sur une note chaude et continue qui, quinze secondes durant, ira en s'amplifiant et s'élevant dans les aigus, sans jamais perdre sa justesse et son ardeur.

Pascal n'a prononcé aucune parole, seule est entendue en surimpression cette voix que, par sa mélodie et sa forme, je ne puis qualifier autrement que d'angélique, au sens exact de l'expression. Il émane de cette voix, sans aucune volonté de suggestion religieuse qui est hors de mon propos, un sentiment de perfection et de grandeur que l'on peut dire, en s'en tenant au sens littéraire du terme, céleste.

En cette fin d'après-midi, au moment même où ma femme vient de recueillir ce chant bouleversant, une petite amie affectueuse, Cindy, alors âgée de 14 ans, lui rend visite. Sans autre commentaire, mon épouse, saisie par l'émotion, lui fait entendre l'enregistrement qu'elle vient de recevoir. Cindy, fascinée par le chant éthéré qu'elle capte clairement au-dessus du chœur monial, le reprend aussitôt avec enthousiasme.

Chacun en pensera ce qu'il veut, les faits sont là. C'est

la seule fois où nous ayons personnellement reçu ce type de manifestation aussi surprenant et impressionnant ; le cas pour être rare n'est cependant pas unique [1].

Pascal a-t-il, comme sa mère le lui demandait, soutenu cette âme féminine pour lui permettre d'envoyer ce chant magnifique, cela est probable. C'est assez crédible, en raison de ce que c'est lui qui est interrogé, de son énergie montrée dans tous ses messages et de sa présence constante justifiée par leur teneur et leur contexte (quand ce n'était pas par sa propre voix, ici absente). Ce qui s'impose en l'espèce est le message symbolique transmis par l'immixtion de cette voix féminine, celui d'une joie ou d'un apaisement devant s'attacher à l'âme de l'enfant disparue.

## *Conversation à trois*

Ma mère est décédée à un âge avancé le 16 février précédent et nous a d'ailleurs transmis peu après, pour nous remercier de notre aimante assistance jusqu'à ses derniers instants, un chaud « mer-ci » où nous avons bien reconnu sa voix, son timbre et la modulation de ce mot que, très courtoise avec tous, elle employait fréquemment.

Ce 5 mai 1993, ma femme, s'appuyant sur le chuinte-

1. Des voix ou des chœurs éthérés, parfois sublimes, ont à plusieurs reprises été entendus lors de séances d'expérimentation, réunissant parfois un nombre important d'assistants, notamment par le groupe de Marcello Bacci à Grossetto (Italie). Ces manifestations sont traitées dans son ouvrage en italien, *Il mistero delle voci dall'aldilà* ; également, de Luciano Capitani et Silvana Pagnotta, mais toujours sur le centre de Grossetto, *Terre Tuttora Inviolate*, Editions Méditerranée.

ment d'un écoulement d'eau, va s'adresser à la fois à ma mère et à Pascal, ce dernier étant invité à aider sa mamie. Un dialogue va s'établir, ramassé mais certain, entre mon fils et sa grand-mère, tous deux de l'autre côté du voile. Mon épouse interpelle les deux disparus : « Mamie, êtes-vous là, je désire vous entendre, Jean aussi. Pascal, aide-la. » Aussitôt l'on entend : « Mamie... (puis mot incompréhensible, puis une douce voix féminine) c'est moi. » Ma femme, qui n'a pas encore écouté cet enregistrement en cours, poursuit et insiste auprès de ma mère : « Avez-vous vu Pascal, l'avez-vous entendu, puis-je avoir une réponse ? » Vient alors la seconde réponse où l'on reconnaît encore la voix de ma mère : « Pascal à côté. »

Mi-mars 1995, tout à fait rassurés par les magnifiques messages reçus de Pascal, nous avons sensiblement réduit la fréquence de nos contacts par transcommunication. Cette attitude n'est pas étrangère non plus à notre souci de respecter son existence et de ne pas entraver son évolution dont nous ignorons les exigences. Infléchissement ne signifie pas suppression des contacts. C'eût été au-dessus de nos forces. Éliane a donc poursuivi régulièrement ses échanges mais, quant à moi, il y avait un trop long moment que, accaparé par mes activités professionnelles, je n'en avais pas repris avec notre fils. J'en avais d'ailleurs quelques remords dont je m'ouvrais à mon fils dans mes propos du soir ainsi qu'à mon épouse, leur disant mon intention de combler prochainement cette lacune. C'est ce qui va donner à Éliane l'idée d'évoquer ce sujet avec Pascal.

Ayant lancé son enregistrement et mis en route son fond d'énergie, Éliane déclare à Pascal : « Ton père voulait te contacter depuis un moment, il n'en a pas eu le temps, il va le faire ces prochains jours, peux-tu lui donner un message, transmettre quelques mots pour lui ? » La réponse, ironique et tendre, où l'on reconnaît le timbre de sa voix et son style gouailleur, vient comme l'éclair : « Content de l'entendre. »

Ainsi nous faisait-il à son tour plaisamment entendre, par l'intellect autant que par l'oreille, qu'il serait enfin content si je me décidais à reprendre le contact par transcommunication. Une fois encore son humour intact se conjugue avec son affection.

Le 7 juin, jour anniversaire de sa disparition, Pascal vient à nouveau de transmettre à sa mère un joli message d'amour : « Kiki, je t'aime. » Cette réponse donnée à cette date tombe à pic pour renforcer notre courage car nous nous ennuyons un peu de notre petit-fils Matthieu. Nous avons eu la joie de le revoir récemment, mais trop brièvement à notre goût. Et bien que nous le contactions souvent au téléphone, nous venons plaisamment d'émettre l'hypothèse de quérir de ses nouvelles par l'entremise de Pascal. Pour être audacieux, le circuit reste imaginable.

C'est pourquoi le 8 juin, au lendemain du message d'affection reçu de Pascal, mon épouse, de façon instinctive et spontanée, sans évoquer aucunement notre conversation de la veille ni la question qu'elle recèle, demande simplement à Pascal : « Peux-tu parler à ton père de Matthieu ? Il l'aime tant, cela lui ferait plaisir. » En deux temps et sur quatre notes, Pascal répond finement à la vraie question, qui n'avait pas été formulée : « Tout bon : eh oui ! »

Le diagnostic peut paraître aisé, nous en aurons quelques jours plus tard la confirmation attendue par un petit bonjour de Matthieu. Sa formulation par Pascal est plus étonnante. Et que dire de l'astucieuse perspicacité de notre correspondant ? Car ce nouveau message, si sommaire en sa forme, contient deux révélations confondantes. La première, paradoxale en apparence, est que les bonnes nouvelles de notre Matthieu vivant à 800 kilomètres de nous nous sont confirmées par Pascal depuis sa dimension, ce qui est tout de même peu ordinaire. Aussi familiers que nous soyons devenus de la transcommunication, nous comprenons que ses surprises ne nous laisseront jamais blasés. Mais la seconde révélation du message est plus importante encore : Pascal a lu dans la pensée de sa mère la question précise qu'elle n'avait pas posée, puisqu'il y a répondu directement. Il a complètement négligé le sens propre de la question de sa mère, savoir l'évocation souhaitée de Matthieu afin de m'être agréable, pour répondre à l'interrogation-test que nous avions évoquée entre nous et qui n'avait été ni formulée ni même suggérée pendant la séance. La réécoute de la cassette nous a bien confirmé qu'aucune allusion ou remarque de cette nature qui aurait pu spontanément échapper à ma femme n'a figuré dans son propos.

Notre fils avait donc parfaitement compris le sens caché de la question tendre mais banale posée. L'a-t-il capté dans la pensée de sa mère au moment où elle posait la question ? Ou bien, ayant entendu nos propos des jours précédents, a-t-il compris le sens caché de la question lorsqu'elle lui fut ensuite posée ? La deuxième hypothèse semble logique puisque de précédents messages ont laissé entendre que notre fils perçoit et suit les événements de notre existence au jour le jour. Ce qu'un message inopiné de fin 1998 confirmera. La première hypothèse n'est pas à exclure non plus, car à deux reprises ultérieurement nous recevrons réponse à des questions juste avant de les avoir prononcées.

Le 21 décembre 1995, après une tentative de contact avec Pascal qui a duré une demi-heure, ma femme lui déclare qu'elle va le laisser un instant pour souhaiter téléphoniquement un joyeux Noël à Monique Simonet. Notre amie, heureuse de cet appel, lui répond qu'elle allait justement la contacter car elle a fait, quelques jours auparavant, un rêve étonnamment précis et chaleureux nous mettant tous en scène. Pascal, Matthieu et nous-mêmes entourions Monique Simonet qui était assise et tenait un petit chien sur ses genoux. Monique n'ayant pas de chien, celui-ci pourrait être la chienne Junon que notre fils affectionnait tant — ou son successeur actuel, Gipsy, puisque Junon est entre-temps passée de l'autre côté. Monique suggère à ma femme de demander à Pascal si cette séquence vécue avec tant d'intensité était un message émanant de lui.

Mon épouse, reprenant sa séance de transcommunication un moment interrompue, explique à Pascal ce que Monique Simonet vient de lui révéler. Et Pascal répond clairement, de sa voix : « C'est un message. » Nul doute que cette image réunissant Pascal et les siens, reçue par Monique Simonet dont les premiers contacts avec notre fils avaient permis tout ce qui s'ensuivit pour nous, est l'un de ses plus beaux messages d'amour et de reconnaissance. Et ce n'est pas non plus un hasard si la projection de cette scène et la nature de son message nous sont révélées à la veille de Noël. Éliane en reçoit la confirmation quelques instants plus tard lorsqu'elle remercie Pascal du « message » qu'il vient de transmettre d'une façon aussi subtile qu'imprévue et lui demande : « Peux-tu donner maintenant à Dady un message pour Noël ? » Avant même que les trois derniers mots soient prononcés, en surimpression sur eux, on entendra quelques notes d'un chant de Noël aussitôt suivies d'un « Bon Noël » prononcé par une voix masculine. Dans les quelques secondes suivantes, on entendra, prononcés d'une voix faible mais bien et lentement articulés, les mots : « Pa-pa, ma-man. »

Il est vrai que ces deux derniers mots, surtout le « maman », nous les avons déjà reçus maintes fois isolément ; ils n'appellent pas de commentaire particulier, leur intense poids affectif est assez éloquent. Mais dans le contexte présent, ils ont une résonance bouleversante.

### *Les mauvaises conditions climatiques nuisent à la transmission des messages*

Mi-mai 1996, mon épouse, durant une après-midi entière, essaie en vain de contacter Pascal. Vers 18 heures, elle décide de s'en tenir à une dernière tentative et, après avoir sollicité tendrement notre fils de lui dire quelques mots, elle ajoute : « Peut-être que le temps n'est pas propice, en ce moment ? » La réponse éclate aussitôt, d'une force et d'un franc-parler étonnants : « Oh, non ! »

En cette après-midi infructueuse, seul ce message minuscule mais puissant avait finalement pu passer, mais, comme la transcommunication nous l'avait déjà enseigné, brièveté n'est jamais indigence. Ce renseignement, précieux pour l'opérateur, valait bien quelques heures d'attention.

Je n'ai jamais éludé, fût-ce une seule fois, la fervente coutume de mon entretien vespéral avec Pascal. Eu égard à l'importance particulière de ce lien pour notre équilibre et notre apaisement, nous n'avions pu résister à la tentation d'interpeller à plusieurs reprises Pascal sur cette question, et de nouveau en ce mois de novembre 1996.

Cette question réitérée et sa réponse attendue n'auraient donc pas eu leur place ici, n'était la révélation inédite contenue dans le message que nous allions recevoir. À la question posée par mon épouse : « Est-ce que tu entends bien ton père et ses questions (éventuelles) tous les soirs ? » Pascal répond avec entrain : « Ça fait longtemps. » Cette déclaration étant suivie un instant après du mot « contact » puis d'un tonitruant « Pascal ».

Quelle extraordinaire prise de conscience de l'écoulement du temps, que je croyais impossible de sa part. Cette énième confirmation de la présence et de l'attention suivies de Pascal était rafraîchissante, quoique inattendue ; mais combien surprenante sa perception de la marche du temps depuis mes premiers propos du soir huit ans plus tôt. Je m'attendais à tout sauf à un tel ressenti. Celui-ci me paraissait exclusivement cantonné à notre monde physique si périssable et dégradable, d'où sa perception ou conception de la fuite du temps. Cette notion m'avait toujours semblé étrangère à ce monde éthérique où, comme le révèlent la substance et les conditions de certains messages, les vitesses d'existence, d'animation et de déplacement semblent incommensurablement élevées. Et probablement très supérieures à celles régnant dans notre domaine d'existence terrestre[1].

La réponse reçue me prouvait ma complète erreur et m'emplissait de joie. Peut-être la connaissance par Pascal du temps écoulé tient-elle à ce que nous avons toujours, explicitement ou implicitement, daté nos propos ou nos contacts par transcommunication avec lui, ce qui lui a permis de se positionner dans le temps. Mais peut-être et plus simplement est-ce lui qui, par ses propres facultés, perçoit l'évolution du temps. Car si épuré que soit ce monde merveilleux et invisible, aujourd'hui révélé à notre intelligence, il comporte inévitablement un support, un substrat matériel de particules ou d'énergie, quelle que soit sa nature. Si infinitésimal soit-il, il constitue la base physique

1. Cf. professeur Régis Dutheil, physicien, et Brigitte Dutheil, professeur de lettres, *L'homme superlumineux*, Editions Sand, 1990.

de cette sphère d'existence essentiellement psychique. C'est certainement ce qui autorise le lien, si précieux, révélé aujourd'hui par la transcommunication instrumentale, entre nos deux mondes d'existence. Et ce qui dessine une notion du temps, sinon commune à la nôtre, du moins très perceptible par nos disparus. En tout cas cette nouvelle révélation était primordiale.

Le 19 octobre 1997, je parle de façon très détendue à mon fils de notre joie suscitée par ses contacts et j'entends rapidement deux « Pascal » successifs, l'un très sonore et l'autre très doux. Messages désormais banals — si j'ose dire — mais bien réconfortants. Il me vient alors la tentation d'aller au-delà de ce que nous lui avions demandé ou qu'il nous avait révélé à propos de son fils Matthieu (son amour, sa présence auprès de lui...). Je sais évidemment que Matthieu est bien entouré et protégé par ses proches, mais je serais curieux de savoir si Pascal lui-même peut, estime être en mesure de veiller sur lui et de le protéger. Je demande : « Est-ce que tu t'occupes bien de Matthieu, peux-tu t'occuper réellement de lui ? » La réponse des deux voix étrangères mêlées (deux postes radio) où l'allemand domine, poursuivant sur la même tonalité mais soudain dans un français très limpide et avec la voix de Pascal, jaillit, autoritaire et presque mécontente : « C'est mon travail. » Quelle joie de recueillir un tel enthousiasme et une telle certitude affirmés par notre fils. Sa bonne foi et sa passion ne sont pas douteuses, elles sont impressionnantes et nous ont beaucoup émus.

Deux déclarations complémentaires enchaînaient quelques secondes plus tard, d'une voix masculine qui n'était plus exactement la sienne. La première, calme et nostalgique : « C'est notre histoire. » Il fait certainement allusion à notre vécu depuis neuf ans maintenant, aux liens privilégiés qui se sont tissés entre nous par la transcommunication et mes monologues du soir. Liens dont Matthieu n'a cessé d'occuper le centre géométrique. Et vient la seconde réponse, encore plus ferme, dont on perçoit la tendre émotion : « C'est notre Dieu. » C'est encore Matthieu, à l'évidence, qui est l'objet de cette ardente boutade. Nouvelle expression de l'amour et de l'humour entièrement préservés de notre Pascal. Et aussi de sa lucidité... mon Dieu.

# IV

# Une défunte égarée

Ma belle-mère, Élise Froyard, âgée de 91 ans, qui avait conservé toutes ses facultés et continuait de s'activer seule en son pavillon de Meaux (Seine-et-Marne), se casse le col du fémur courant janvier 1996. Aussitôt hospitalisée et opérée, elle reprend après quelques jours sa verdeur d'esprit qui n'a cessé de faire l'admiration de tous ; mais sa locomotion reste très difficile, aussi intègre-t-elle en juin une maison de retraite à Asnières, toute proche de notre domicile dans les Hauts-de-Seine, où mon épouse ou moi lui rendons visite quotidiennement.

Un an plus tard, le 7 juin 1997, jour anniversaire de la disparition de notre fils, mon épouse fait un traditionnel essai de contact avec lui en déclarant : « Je reviens auprès de toi ce soir 7 juin, je te demande un petit message pour cet anniversaire, cela nous ferait plaisir. » Elle répète ce vœu successivement sous plusieurs formes, mais à l'écoute de l'enregistrement, elle ne décèle aucune réponse. Nous n'en serons pas autrement affectés, notre sérénité est depuis longtemps assurée.

Près de deux mois plus tard, le 31 juillet, au retour de quelques jours de vacances, mon épouse reprend la cassette partiellement utilisée afin de poursuivre ses contacts. En revenant à cet effet sur la dernière partie enregistrée, nous avons la surprise de trouver une réponse non entendue deux mois plus tôt : « Froyard, petit message. » Nous sommes certains que ce message n'avait pas été imprimé précédemment sur la cassette, car nous l'avions l'un et l'autre écoutée puis réécoutée (ainsi que nous le faisons toujours) et nous n'avions rien perçu.

Nous avions déjà eu, à plusieurs reprises, le sentiment que certains messages brefs (tels que « Ma-man », « Papa », « Je t'aime », etc.), non entendus lors de la première écoute, auraient pu être imprimés postérieurement sur la cassette par notre fils. Nous savions d'ailleurs que le phénomène se produit de temps en temps, mais nous n'y avions pas attaché d'intérêt excessif, restant surtout émus et ravis des réponses complémentaires recueillies. Mais dans le cas présent, le doute n'était plus permis en raison de la relative longueur du message différé (six syllabes) et de son bon volume sonore, qui n'auraient pu nous échapper. Nous avions donc, pour la première fois, la preuve certaine que nos disparus peuvent imprimer a posteriori un enregistrement hors d'une séance de transcommunication[1].

La réponse revêtait un second caractère insolite : c'était la première fois que Pascal évoquait sa grand-mère maternelle et surtout la désignait par son nom de famille. De plus, le message était tout à fait énigmatique, nous restions sur notre faim quant à son contenu, bien que son sens affectueux ne fît pas de doute.

C'est alors que, deux jours plus tard, le 2 août au matin, ma belle-mère fit part à mon épouse d'un phénomène inexplicable qui s'était produit durant la nuit

1. Phénomène relevé par François Brune, par Hildegard Schäfer, *op. cit.*

écoulée et ne s'était jamais manifesté auparavant, alors qu'elle résidait dans cette maison de retraite depuis près de seize mois. Bien que le numéro de téléphone personnel et direct de sa chambre ne fût connu que de nous, son téléphone, dans la nuit du 1er au 2 août, avait retenti à cinq reprises au moins jusqu'à ce qu'elle pût s'en saisir, mais, à ce moment précis, elle n'entendit que le signal répétitif de coupure.

Ma belle-mère, que nous rassurâmes aussitôt sur cet incident insignifiant, en restait tout de même troublée. Bien que fort désagréable en pleine nuit, le fait pouvait sembler banal en raison de la fréquence des erreurs de numérotation (quoique tant qu'un appelant n'est pas informé de son erreur, il la recommence généralement, ce qui ne fut pas le cas). Nous n'avions pas manqué toutefois de relever la curieuse coïncidence entre le message de transcommunication équivoque et différé reçu deux jours plus tôt à propos de Mme « Froyard » et cette sonnerie téléphonique incongrue qui venait de retentir pour la première fois chez elle durant la nuit.

Le 3 septembre suivant, ma belle-mère fait une nouvelle chute et se brise cette fois le col du fémur de l'autre jambe. Elle est immédiatement opérée, soignée très consciencieusement. Quoique affaiblie, elle retrouve toute sa tête pour nous poser des questions et nous dire ses inquiétudes. Son organisme ne peut résister à ce nouveau choc. Suite à l'œdème pulmonaire qui s'est déclaré, elle nous quitte dans la nuit du 17 septembre.

Cette triste nouvelle nous frappe en même temps d'un autre saisissement : son lien lumineux avec les curieux messages et signes précédents qui nous y avaient préparés. Il était à la fois l'aboutissement et la clé des phénomènes inexplicables récemment vécus. Car au cours de ces neuf années ayant suivi son passage dans l'autre existence, jamais Pascal, même après le premier accident sérieux de sa mamie Elise en janvier 1996, n'avait émis le moindre message à l'attention de celle-ci. C'est seulement après neuf années, à la veille de ce deuxième accident de sa grand-mère maternelle devant très vite s'avérer fatal, qu'il venait de s'exprimer à son sujet. C'était le premier « petit message », concernant explicitement sa mamie « Froyard », qu'il se donnait la peine de matérialiser sur la bande de notre magnétophone. Message de surcroît transcrit en dehors de toute séance de communication instrumentale, deux mois après notre dernière tentative de contact, peu avant le décès de l'intéressée.

Message enfin dont nous allions prendre connaissance — de nouveau comme par un curieux hasard — deux jours avant que cette mamie aux facultés intactes ne reçoive personnellement et pour la première fois en pleine nuit un appel téléphonique insolite[1]. Ce tendre avertissement par Pascal du deuil qui allait frapper sa mère et moi, au moyen de tous ces messages et signes concordants, était désormais pour nous une cause entendue.

Mais ce n'était pas tout. Nous allions encore en recevoir une confirmation supplémentaire inattendue. Au lendemain même de la disparition de ma belle-mère, nous recevions une lettre charmante de notre amie Monique Simonet qui nous plongeait dans l'émerveille-

1. Les appels et messages téléphoniques de disparus deviennent un phénomène qui, pour rester peu fréquent, est aujourd'hui observé. Y compris par exemple — preuve indéniable entre toutes — lorsque le survivant se trouvant dans une chambre d'hôtel reçoit soudain un appel et message d'un disparu, alors qu'il ne dispose d'aucune ligne directe et que le standard, immédiatement interrogé, n'a cependant reçu ni retransmis aucun appel au client. Cf. à ce sujet de D. Scott Rogo et Raymond Bayless, *Phone calls from the dead*, Éditions Prentice-Hall Englewood Cliffs, New Jersey, 1979.

ment. Cette lettre, datée du 17 septembre 1997 (jour du décès de ma belle-mère, évidemment ignoré de Monique Simonet), faisait suite à la petite carte de vacances, cosignée de notre petit-fils Matthieu, que nous lui avions adressée du Calvados un mois et demi plus tôt. Monique Simonet nous y remercie de notre envoi, dit avoir aimé y lire la signature de Matthieu et ajoute : « Je ne peux oublier Pascal. Il me dit : “Tout est si beau ici, Papa et Maman je vous y emmènerai. Je vous suis de très près, *en ce moment surtout*, je vous aime.” »

Ce « en ce moment surtout », inédit de la part de Pascal, s'adressant à sa mère et en ces circonstances, était lumineux et tellement émouvant. Ce message de soutien à sa mère n'avait jamais été aussi justifié que « en ce moment », depuis ce 3 septembre où mon épouse vivait la plus douloureuse période qu'elle eût connue depuis dix ans. Quelle plus explicite confirmation, reçue ce 19 septembre, de ces affectueux messages d'aide de Pascal, que nous avions déjà décryptés dès ce 17 septembre.

Que tous ces faits avérés dont deux matérialisés, a priori inexpliqués mais concordants — dans le temps et à l'égard de la même personne — se soient en outre produits juste avant que l'intéressée subisse un deuxième accident fatal venant révéler leur pleine signification, ne paraît pas relever de simples hasards. Et si même l'on invoquait des hasards répétés, il resterait à trouver une cause et un sens à l'étonnant « Froyard, petit message », balancé à ce moment sur notre magnétophone, en outre hors de toute séance.

Il y a d'évidence beaucoup plus que des coïncidences entre tous ces phénomènes. Ce n'est pas notre seule opinion, c'est aussi celle du père Brune qui, connaissant nombre de coïncidences phénoménales semblables survenues à des personnes de tous milieux dans le monde, n'a aucun doute sur la signification de l'ensemble de ces messages et faits vécus. Il ne peut s'agir, selon lui et selon nous, que de la volonté, exprimée de multiples façons par Pascal, de nous avertir et nous préparer avec ménagement à l'événement grave dont il savait la proximité.

Le 11 octobre 1997, ma belle-mère est donc passée dans l'au-delà il y a un mois à peine. En dépit du salut que la transcommunication instrumentale nous avait apporté depuis huit ans, nous ne l'avions pas révélée à Élise Froyard, contrairement à notre conduite vis-à-vis de ma mère avant son départ en mars 1993. Cette abstention à l'égard de ma belle-mère provenait de ce que l'intéressée, bien qu'admettant l'existence de Dieu — ou aspirant fermement à son existence —, avait toujours rejeté la possibilité d'une survie de l'âme. Comme son caractère entier lui faisait porter sur toutes choses des opinions catégoriques et que, d'autre part, son ouïe était devenue très mauvaise, nous avions renoncé à lui révéler notre merveilleuse découverte. Nous nous contentions de la préparer à une échéance inéluctablement peu éloignée, en évoquant de temps en temps l'existence de Dieu justifiant la nôtre, ce qu'elle ne contredisait pas.

Ce samedi 11 octobre, mon épouse tente, pour la première fois, d'entrer en contact avec sa mère. Elle demande de nouveau à Pascal de « lui parler de sa grand-mère ou de l'aider à s'exprimer », et l'on entend une voix féminine répondre : « Je me souviens... » (les trois syllabes suivantes sont totalement incompréhensibles). Cette affectueuse réponse nous laissait déjà croire que ma belle-mère nous parle avec lucidité — et avec émotion assurément — depuis sa nouvelle sphère d'existence. Mais sa seconde et prompte réponse allait nous dégriser. À peine quelques instants plus tard, et alors que mon épouse insiste de nouveau en lui demandant :

« Peux-tu me parler ? », la même voix féminine que précédemment répond clairement et de façon impérieuse : « Viens me chercher. »

Nous n'étions pas seulement déçus, mais très attristés par cette révélation. Une fois de plus, la réponse est clairement en rapport avec la question qui l'a suscitée, mais totalement inattendue. Nous espérions bien une réponse, surtout avec l'aide de Pascal, et nous envisagions au pire le silence, mais nous n'avions pas un instant envisagé que, tout en étant apte à nous répondre, elle fût encore égarée au point de se croire toujours de notre monde. Sinon nous n'aurions pas tenté l'enregistrement, nous l'aurions différé.

Nous avions pourtant connaissance de longue date des comportements erratiques de certains disparus récents ou parfois plus anciens [1], mais nous avons péché par excès d'optimisme, n'ayant jamais rencontré cette difficulté avec Pascal, avec ma mère ni avec d'autres disparus. Ma femme Éliane n'en était que plus déterminée à reprendre ultérieurement contact avec sa mère, après l'écoulement d'une nouvelle période, pour s'évertuer à la faire sortir de sa détresse.

---

1. Le cas de ces disparus se croyant encore de notre monde a été plus d'une fois observé. Il est évoqué ou cité dans les ouvrages traitant de la transcommunication : François Brune, Hildegard Schäfer, *op. cit.*, et également par Sarah Wilson Estep, fondatrice de l'American Association Electronic Voice Phenomena, auteur de la *Communication avec les morts*, Éditions du Rocher-Âge du Verseau, et encore par Maggy Harsch et Théo Locher, « Les contacts vers l'au-delà à l'aide de moyens techniques existent », numéro hors série de la revue *Parasciences* à Agnières 80290. Ce phénomène a également été observé à plusieurs reprises dans le cadre d'expériences involontaires — la plupart du temps — ou délibérées, de NDE citées par le docteur Raymond Moody dans *Lumières nouvelles sur la vie après la vie, op. cit.*.

# V

# Pascal s'entremet

Le 8 mai 1996, Laurent L., petit-fils d'une amie de ma belle-mère habitant Meaux, vient de décéder dans une avalanche alpine et nous imaginons le désespoir de cette mamie et celui de la maman. Bien que mon épouse ne se sente ni le don ni le charisme d'une Monique Simonet, elle envisage spontanément de tenter un contact pour apporter quelque réconfort à cette famille. Après s'être présentée à Laurent L., Éliane lui déclare : « Je connais très bien votre mamie A.M., voulez-vous dire un petit mot à son intention ainsi que pour votre maman ? Pascal, peux-tu l'aider ? Êtes-vous là, Laurent, peut-on vous entendre ? » Réponse chuchotée : « Je suis ici. » Un instant après, une voix qui est cette fois très forte, où nous pensons reconnaître le rythme et le ton de Pascal, dit clairement : « Il est trop sage, Laurent. »

Assez déçue de cette réponse sibylline, mon épouse en fait part le jour même à la mamie. Celle-ci lui déclare qu'en effet Laurent était très réservé, qu'il ne parlait guère et que cette appréciation le dépeint tout à fait. Ces premiers résultats étaient encourageants, sinon tout à fait probants.

Le 15 mai, mon épouse veut recueillir des éléments complémentaires pour ces parents éplorés. S'adressant à nouveau à Laurent et à notre fils, elle rappelle le dernier message entendu et remercie Pascal d'aider Laurent à envoyer un autre « message pour sa mamie A.M. ». À quoi le speaker allemand répond soudain en français : « D'amour » (le message). Mais surtout, quelques instants plus tard, le jeune homme prononce lui-même son prénom : « Laurent ».

Tous ces éléments sont trop concordants et personnels pour ne pas concerner la personnalité interrogée, bien que composés de mots et réponses très brefs. Ma femme qui, ce jour-là, possède sans doute un appétit particulier de preuves et d'identification, demande ensuite tout à trac : « Laurent, comment appelez-vous votre maman ? Votre réponse pourrait l'aider à vivre. » La réplique claque aussitôt, très forte et claire : « Monique. »

Renseignements pris, le soir même, auprès de la mamie, celle-ci confirme que sa fille se prénomme bien Monique. Merci à Laurent qui a redonné quelques forces aux siens. Et merci à Pascal qui a bien rempli sa double fonction souhaitée d'intercesseur et d'avocat.

Éric V., fiancé à Isabelle C. qu'il aime tendrement, s'est offert, en avril 1998, un baptême de l'air près de Rennes. Hélas, les deux avions, qui se livraient à quelques figures audacieuses, se heurtent et c'est le crash mortel. La fiancée Isabelle et la mère Hélène sont désespérées. Cette dernière, par l'entremise d'un ami, demande le secours de mon épouse pour tenter d'obtenir des contacts avec Éric, et s'assurer ainsi de sa survie et, s'il se peut, de son bien-être. Éliane cède une nouvelle fois, émue par la douleur de la mère. Et tout autant sans doute par celle de la jeune fille qui, depuis l'accident, refuse les contacts et reste prostrée.

Le 16 novembre, première tentative d'Éliane qui se

présente à Éric en tant que relation indirecte de sa maman et le remercie de bien vouloir prononcer quelques mots pour celle-ci, avant de la rassurer. Réponse immédiate : « Je t'aime. »

« Pour votre maman, Éric, êtes-vous heureux là où vous êtes ? » Réponse de nouveau immédiate, faible mais clairement audible : « C'est magnifique. » C'est encore une belle réponse, très rassurante, mais ces messages ne fournissent pas l'identification certaine de l'interlocuteur, la seule qui soit propre à rassurer définitivement la famille endeuillée.

Éliane poursuit donc en insistant à nouveau auprès d'Éric pour qu'il se fasse bien connaître de sa maman « en employant au besoin des expressions que vous aviez l'habitude d'utiliser avec elle ». C'est alors que, entre deux phrases du dialogue italien constituant le fond sonore de l'essai, la voix masculine prononce : « Comment ça va ? » Incongrue et décevante, cette réponse l'est à un double titre puisqu'il n'est pas répliqué à la question : plus encore, cette pseudo-réponse est elle-même une question.

Aiguillonnée par ce mystère et cette insatisfaction, Éliane poursuit ses interrogations sous des formes très proches de celles précédentes. Mais poussée par le jeu curieux auquel semble se livrer Éric — si c'est lui —, elle lui adjoint une question complémentaire : « Je vous pose moi-même la question, Éric : comment cela va-t-il ? Je la pose pour le réconfort de votre maman, à vous de me répondre. » À 19 h 15, faute d'avoir obtenu de nouvelles réponses, elle déclare : « Je vais vous laisser, merci à tous, à Éric, à Pascal, à Lionel. »

Le lendemain mardi 17 novembre, en écoutant une cassette vidéo d'un film de télévision enregistré en début d'après-midi, Éliane a la stupéfaction d'entendre un message enregistré sur le magnétoscope. Et quel message puisqu'on perçoit très clairement, au cœur du dialogue des deux protagonistes, après l'exclamation de la femme « quelle classe », une voix masculine qui prononce derrière, plus calme mais forte et avec netteté : « Moi ça va. »

L'adéquation de la réponse à la question et son caractère rassurant sont cette fois certains. Ce qui, pour nous, l'est plus encore, c'est que la réponse n'a pas été fournie sur le magnétophone, mais vient de l'être, le lendemain, sur le magnétoscope. C'est la première fois qu'est enregistrée une voix sur un matériel autre que celui qui lui était destiné. Nous avons aussitôt recopié sur la cassette audio en cours le message réceptionné sur la cassette vidéo.

Ce phénomène étonnant et tout à fait inédit nous apporte cette fois la preuve de ce que nous pouvions seulement supposer jusqu'à présent : nos disparus sont à tout instant prêts à utiliser tous les modes d'enregistrement mis à leur disposition pour communiquer avec nous. C'est exactement ce qu'avait supposé Edison il y a soixante-dix ans.

Dans le cas présent, il paraît certain que notre interlocuteur, dans l'incapacité de faire passer sa réponse par le magnétophone pour des raisons évidemment inconnues, s'est empressé d'utiliser une autre voie qui lui paraissait plus praticable et qu'il n'a pas choisie seulement par hasard ou comme pis-aller, mais délibérément à notre intention, sachant bien que nous allions repasser la bande vidéo enregistrée sur magnétoscope, tout comme nous le faisons avec nos enregistrements sur magnétophone.

Nous recevrons un autre message, que nous supposons émaner d'Éric, interrogé de nouveau par ma femme le 26 décembre 1998, nous répondant qu'il a vu notre fils Pascal dont il cite le prénom, réponse très appropriée à notre question mais toujours sans identification certaine de notre interlocuteur.

Plusieurs mois vont passer avant que, fin mars 1999, je reprenne contact avec un membre de la famille d'Éric. Le 2 avril, ma femme tente un nouveau contact avec ce garçon, lui demandant : « Éric, s'il vous plaît, quelques mots pour votre fiancée. » Et sur le fond de poste allemand, nous recevons la réponse, très douce et audible : « Je t'aime, chérie. » Réponse très éloquente et révélatrice, mais qui ne nous apporte pas encore l'identification certaine du messager.

C'est alors que, quelques instants plus tard, au cours de la même séance où j'ai pris le relais de mon épouse, nous entendons ce message prononcé avec force et chaleur : « C'est la plus belle, Isabelle. » C'est le prénom de sa fiancée, que nous n'avions ni prononcé ni évoqué d'aucune manière. De plus, et à part le nom de Pascal précédemment prononcé fin décembre 1998, l'interpellé Éric V. n'avait jamais prononcé son prénom ni celui d'aucun membre de sa famille. Quant à nous, nous ne connaissons aucune Isabelle, si ce n'est cette jeune femme que nous n'avons d'ailleurs pas rencontrée. Il n'est donc pas douteux, même aux yeux de quiconque entendrait rejeter l'évidence, que c'est bien Éric V. lui-même qui vient de parler pour la deuxième fois ce jour à sa fiancée, et en termes si aimants. On peut imaginer le bonheur ressenti par les siens.

En septembre 1998, nous sommes l'objet d'une instante requête d'un ami intercédant pour une mère brisée cherchant désespérément à s'assurer de la survie de son fils. Celui-ci, décédé le 18 février 1994, avait 22 ans. Comme elle nous l'écrit si justement : « Je sais que vous pouvez comprendre ma douleur et les étapes que je dois franchir depuis plus de quatre ans pour continuer à vivre. » Elle a eu connaissance, nous écrit-elle, « du bien que vous avez fait à cet ami commun en le mettant en contact avec sa maman », ce qui était exact. Deux ans auparavant, nous avions obtenu pour cet ami qui est mon cadet de trente ans environ des réponses très significatives à ses yeux, de sa maman, naguère disparue, dont il avait conservé la cassette d'enregistrement.

Bien que nous interdisant, en principe, tous contacts autres que ceux obtenus avec Pascal et nos proches, à titre exceptionnel nous cédons de nouveau pour tenter de soustraire cette mère à une souffrance destructrice.

Le 5 octobre nous recevons donc à Asnières Michelle G., habitant dans le Gard, avec notre ami commun Joël P. Éliane prépare ses matériels d'enregistrement. Au cours des deux heures qui vont suivre, elle obtiendra, sans coup férir, plusieurs messages qui vont transfigurer la maman.

En réponse à la question, savoir s'il est présent, le jeune Stephan répond : « Oui. » Puis ma femme le rassurant qu'elle sera « encore là le lendemain » pour tenter d'autres contacts et lui faisant part de l'inquiétude de sa mère de savoir s'il est « bien et heureux », il répond immédiatement : « C'est magnifique. » À la question suivante lui demandant de nous faire savoir s'il « est avec sa grand-mère M^me^ Paule », précédemment disparue, il répond : « Avec elle. » Enfin, après quelques tentatives sans réponse, Éliane lui dit : « Au revoir et à demain », à quoi il répond aussitôt : « Au revoir. »

Pour M^me^ G., ces résultats sont énormes, pour nous ils étaient très encourageants mais insuffisants. Les réponses étaient immédiates, claires et en relation parfaite avec les questions posées, mais l'identification exacte du messager n'était pas assurée. Nous nous gardons évidemment de confier nos réserves mais nous sommes décidés à essayer d'en savoir plus et mieux si possible.

Le lendemain, toujours en présence de M^me^ G. venue

à notre domicile, ma femme reprend ses tentatives de contact avec Stephan. Elle s'adresse à notre fils Pascal en quêtant son aide, pour amorcer ou renforcer le canal de la communication. Suite à diverses questions posées par mon épouse, le disparu répond clairement : « Stephan, êtes-vous là ? », réponse : « Oui. » « Voyez-vous votre maman à côté de moi et pouvez-vous lui dire quelque chose ? », réponse : « Maman, je t'aime. » Puis Mme G., très émue, est invitée à interroger elle-même son fils à qui elle rappelle que sa disparition a été « très douloureuse », non seulement pour elle-même, pour le père de Stephan et ses grands-parents, mais aussi « pour sa tante Corine qui était très malade », à quoi il répond : « Oui, désolé. »

Mme G. lui parle de « son ami Nicolas » et de tous ses copains qui viennent lui rendre visite régulièrement, et elle évoque à ce propos la plaque funéraire sur laquelle ont été inscrits « tous les surnoms par lesquels on t'appelait, puisque chacun t'appelait différemment ». Il répond alors : « Elle est très belle » (il s'agit évidemment de la plaque), mais comme Mme G. lui demande de dire « un des surnoms employés par tes copains, ainsi je saurai que tu es bien là et que tu vis », il fait cette réponse pour nous incompréhensible mais pour sa mère éblouissante : « Crao. »

L'émotion submerge Mme G., car ce surnom est effectivement l'un de ceux inscrits sur la plaque tombale. Comme nous l'explique Mme G., alors que sur la partie gauche figurent ses nom et prénom : « Stephan G. 15.01.72-19.02.94 », sur la partie droite sont inscrits les surnoms que lui donnait sa famille « pour ta famille tu es Ninou, Kinou », mais aussi, au-dessous de ceux-là : « Pour tes copains, tu es Steph, ou Crao. » (« Pour tous ton absence est une souffrance. ») Ses amis lui avaient décerné ce surnom par boutade, en référence à un personnage d'une bande dessinée humoristique évoquant la préhistoire. L'émotion de M$^{me}$ G. est à son comble. Elle juge superflu d'aller plus loin et nous remercie avec effusion.

Au début 1998, j'ai décidé, sur le ferme encouragement de mon ami François Brune, d'entamer la rédaction de cet ouvrage. Je m'y suis consacré avec méthode, mais sans précipitation et de façon épisodique, d'autant que j'avais d'autres activités et que je voyage souvent, pour rendre visite à mon petit-fils notamment. Sans oublier que j'entendais bien continuer à consacrer parallèlement un temps suffisant à la poursuite, quoique moins intense depuis quelques années, de mes contacts par transcommunication instrumentale avec mon fils et les miens.

### *Le ressaisissement de la disparue*

Ma femme et moi étions, en outre, décidés à aider ma belle-mère à retrouver ses marques et son équilibre. Sa réponse égarée et angoissée du 11 octobre 1997, un mois après son passage dans l'autre dimension, nous avait laissés amers.

Le 27 janvier 1998, Éliane, encouragée et dopée par une très belle réponse reçue la veille de notre Pascal, s'adresse à sa mère en lui demandant comme une chose tout à fait naturelle « si tu as retrouvé Papa » (disparu il y a soixante ans) et l'on entend cette réponse étonnante d'une voix masculine : « Gagane. » La clarté et la fermeté de cette réponse étourdissante, bien détachée de son contexte énergétique, ne laissent place à aucune hésitation. Cette réponse est un vrai choc puisque ce qualificatif enfantin, déformation grossière par ma femme elle-même de son prénom Éliane dans ses tendres années, bien avant la disparition de son père, n'avait jamais ressurgi depuis lors. Seuls son père et sa mère l'avaient jadis entendu, je n'avais moi-même été un moment informé de ce surnom qu'à la veille de mon mariage... il y a quelques décennies maintenant.

Ayant déjà reçu dans un passé récent trois réponses stupéfiantes de Charles Froyard, disparu il y a plus de soixante ans, il semblait évident que cette nouvelle réponse formée par une voix masculine, apportant pour la troisième fois un éclatant souvenir personnalisé et daté, émanait bien de lui. Mais s'il est vrai que ce message n'émanait pas de ma belle-mère elle-même, il était hautement probable que, celle-ci ayant été interpellée avec son époux sur le sujet de leurs retrouvailles, elle y avait concouru. Et en ce cas, sa prise de conscience de la nouvelle dimension où elle se trouvait désormais avec lui semblait fort plausible. Cette hypothèse allait se conforter peu après.

Le 15 juin, je participe à une nouvelle séance où ma femme interpelle tendrement sa mère en déclarant lui « faire un petit coucou », et lui demande de s'exprimer. Elle ajoute : « C'est Éliane, Maman, c'est ta fille », à quoi répond aussitôt une voix féminine, sur un ton très doux : « C'est ma fille, c'est... fille », comme un écho apaisant.

Le 24 décembre, ma femme tente à nouveau de contacter sa mère avec l'aide de Pascal, utilisant un joli fond musical capté sur une station étrangère. Éliane insiste auprès de sa mère : « Maman, je suis là, sais-tu que je pense beaucoup à toi ? » La réponse d'une voix féminine fuse immédiatement : « Moi aussi », et comme ma femme qui n'a pas encore écouté la bande poursuit en évoquant le fond musical qui « est très joli », sa mère lui répond cette fois avec pénétration : « Très joli. »

Toutes ces réponses, courtes mais en relation étroite avec les questions posées ou évoquées, témoignent bien de ce que Élise Froyard, au cours de l'année ayant suivi son passage dans l'autre dimension, a finalement retrouvé la pleine conscience de son nouveau mode d'existence et de la nature de ses relations avec le nôtre.

Ce cas nous offre au moins deux leçons. La première, soupçonnée plus haut, est que Élise Froyard, tant qu'elle ne croyait à rien d'autre qu'au néant, restait dans le néant et dans l'incompréhension[1]. Ceci contrairement à nos deux autres disparus qui, avant leur passage dans l'au-delà, ne rejetaient pas du tout l'idée d'une survie immédiate — et, pour l'une des deux, y était même acquise. La seconde leçon importante est que ce sont les contacts aimants et répétés avec la disparue qui lui ont fait implicitement prendre conscience de son niveau d'existence distinct, bien qu'en étroite liaison affective et mentale avec le nôtre. C'est ainsi qu'elle a pu découvrir et assumer la réalité inexorable mais réconfortante de son nouveau statut et de ses rapports étroits avec nous.

L'ami de notre amie I. Luczynski, celui qui, début 1989, nous avait mis en relation avec le père Brune dont les révélations changèrent notre vie, s'appelait Lionel Jackel. Ce garçon réservé, infiniment doux et humain, avait un talent étonnant que Jean Prieur devait évoquer quelques mois plus tard : la psychométrie[2].

---

1. Cf. *Dites-leur que la mort n'existe pas,* par Jean Winter et Gérald de Dampierre, *op. cit.* ; également « Les contacts vers l'au-delà à l'aide des moyens techniques existent », par Maggy Harsch et Théo Locher, *op. cit.* ; et *Les morts nous parlent, op. cit.*, p. 222 et autres.

2. Cf. Jean Prieur, *La mémoire des choses, l'art de la psychométrie,* Éditions Astra, où l'auteur révèle cet art particulier et s'étend lon-

Il s'agit d'une clairvoyance, d'une connaissance supranormale par le toucher, qui permet à l'expérimentateur tenant dans ses mains un objet de revivre un moment de façon extrêmement précise et sensible les événements auxquels cet objet a participé, souvent à travers la personnalité retrouvée de son ancien possesseur, qui investit le psychomètre.

Comme le dit Jean Prieur, « tout se passe comme si les choses s'imprégnaient des vibrations émanant de personnes qui furent en contact avec elles », permettant au psychomètre hypersensitif d'entrer via l'objet dans la vie et le vécu de son détenteur. Sans pouvoir me prononcer de façon qualifiée sur la valeur de cette faculté de clairvoyance par le toucher, je note simplement que, comme le rappelle le professeur Rémy Chauvin, ces types de phénomènes d'action non physique (au sens grossier du terme) sur les objets sont maintenant mis en évidence en laboratoire sans trop de difficultés. Je dois reconnaître que l'exercice auquel Lionel Jackel se livra en notre présence, au cours d'une soirée dont l'objet était essentiellement amical, nous impressionna beaucoup.

Quoi qu'il en soit, l'intercession de Lionel qui nous avait permis de rencontrer le père Brune le 15 janvier 1989, ainsi que ses actes de dévouement ultérieurs à notre égard en plusieurs circonstances, établirent entre nous des liens d'amitié sincère. C'est donc avec peine que nous apprîmes peu après sa disparition prématurée, nous rendant depuis lors à plusieurs reprises sur sa sépulture de Montauban, dans le cadre de nos déplacements dans le Sud-Ouest. Ces gestes répondaient d'ailleurs à un simple devoir moral vis-à-vis de celui que nous

---

guement sur les talents exceptionnels de Lionel Jackel en ce domaine.

affectionnions, sans intention d'une véritable entrée en contact spirituel avec lui. Les cimetières sont heureusement et définitivement vides, ainsi que la transcommunication nous l'a dévoilé. Pour les véritables contacts spirituels avec nos disparus, il n'y a désormais pour nous, en dehors bien entendu de la prière et des mots d'amour l'accompagnant, que la transcommunication expérimentale.

Dans les années passées, nous avions à plusieurs reprises tenté des contacts avec Lionel et nous avions recueilli par deux fois son amicale réponse : « Lionel », bien agréable mais courte.

Le 8 juillet 1998, nous faisons une nouvelle tentative de contact, lui rappelant que nous pensons souvent à lui, que nous avons eu récemment sa maman au téléphone et que, s'il pouvait nous parler, ce serait un immense plaisir pour nous. Il nous répond alors faiblement mais très nettement : « Lionel », puis quelques instants plus tard, très fort et clairement par le speaker allemand dont la voix articule posément : « C'est Lionel. » Vient enfin la troisième réponse, la plus affectueuse et réconfortante, prononcée avec une douceur infinie : « J'adore souvenir. »

Tout est dit, pouvait-il mieux répondre à notre affection et à nos vœux.

Pascal nous a donné dans le passé des exemples poignants de sa localisation près de nous, ou tout contre nous. Par le toucher de l'âme ou des corps exprimé, ces messages restent insurpassés. Ce contact épisodique des corps éthériques et physiques nous comblait assurément. Nous ne ressentions pas de curiosité à l'égard d'autres localisations possibles de Pascal lors de ses visites, nous ne les imaginions même pas. C'était cependant ce qu'il allait nous révéler à plusieurs reprises de façon dynamique et avec une précision croissante au cours de cette année 1998.

Le 12 mars 1998, à Éliane qui le remercie de se manifester, Pascal s'annonce avec ferme entrain par une longue phrase réconfortante : « Bonsoir... (un temps)... je te vois... (un temps)... je te reçois très bien. »

Nous avons compris depuis longtemps que Pascal nous voit (nous en aurons une autre preuve inattendue fin 1998) et plus évidemment encore qu'il nous entend, toutes ses réponses l'attestent. Mais c'est la première fois qu'il affirme expressément utiliser ses deux « sens » visuel et auditif pour capter notre vécu, et cela ne laisse pas de nous remuer. Comment construit-il ou suscite-t-il ces deux sens que, présomptueux humains, nous préjugions vaniteusement réservés à notre seule espèce ? Cela reste un complet mystère, au demeurant secondaire au regard de celui primordial de la survie.

Il serait vain de cogiter là-dessus, tant que les scientifiques indépendants aux moyens réduits et isolés n'auront pas, malgré le chemin déjà parcouru, soulevé un coin plus ample du voile. Et tant qu'une certaine science officielle n'aura pas enlevé de ses yeux le bandeau commode lui permettant — pour peu de temps encore — d'ignorer une fantastique réalité qui nous dépasse tous et dont l'étude pourrait bien remettre en question des notions fondamentales aujourd'hui considérées inattaquables.

En tout cas, cette réponse stimulante de Pascal démarrait l'année 1998 en fanfare. Cela ne faisait que commencer. Le 7 juin, lors d'une nouvelle séance, je laisse ma femme prendre l'initiative. Elle s'annonce à Pascal, lui déclarant qu'elle aimerait l'entendre et elle lui demande en particulier « de me dire où tu es et ce que tu fais ». Cette question répondait à notre désir de savoir s'il était plutôt, habituellement ou actuellement, dans une zone que nous ignorions ou bien du côté de son fils dans le Sud-Ouest, ou bien encore dans la région parisienne où nous résidons. Et sa réponse vient d'un seul élan : « Je suis ici à Asnières. » Il est superflu de préciser que nous ne nous attendions pas du tout à une telle précision géographique, qui nous laissait ébahis mais ravis.

Le 28 septembre, après deux déplacements nécessaires et un séjour de vacances, Éliane tente une reprise de contact avec Pascal. Elle s'est installée au deuxième étage de notre maison, dans la petite pièce dont il faisait sa chambre quand il était petit et ensuite lorsqu'il nous rendait visite de loin en loin. Elle lui demande alors : « Mon Pascal, peux-tu me dire si tu es souvent dans la maison ? » La réponse tendre et claire est immédiate : « Là-haut, là-haut. »

Ce « là-haut », si exact et opportun, nous laisse béats de surprise et de ravissement. Il a évidemment voulu nous faire savoir qu'il est arrivé « en haut » dans la maison que sa mère vient de désigner, auprès d'elle, dans la pièce où elle officie désormais et qui, comme par hasard, était son cadre de détente préféré, si bien connu de nous. Nous ne pouvions imaginer une telle finesse dans sa localisation et dans le message d'amour et de souvenir ainsi envoyé.

Dans le même registre mais par une manifestation tout à fait inédite en matière de TCI, Pascal va de nouveau intervenir « là-haut » dans notre maison, de façon inattendue. Ses précisions croissantes sur l'emplacement exact où il se trouve lorsqu'il nous répond ne semblent plus lui suffire. Il va maintenant nous déclarer, en dehors de toute séance d'enregistrement, par la découverte que nous en ferons sur une cassette en cours, qu'il s'est délecté d'une petite scène de quelques jours antérieure entre Éliane et une amie présente chez nous.

Le 22 décembre, un petit fait d'une grande banalité, quoique émouvant, s'était produit alors que ma femme, en présence d'une amie, Hélène de S., mettait un peu d'ordre dans une penderie du deuxième étage. Son intention était d'évacuer certains cartons et objets inutiles, mais aussi de récupérer le premier ourson en peluche de Pascal qu'elle a pieusement conservé. En retrouvant avec émotion ce nounours défraîchi, les deux amies remarquent aussitôt un détail amusant : le large ruban écossais noué autour du cou de l'ours et surtout son état de conservation auquel les ans ne semblent pas avoir porté préjudice, tant il reste ferme, propre et non froissé.

Pour fêter son retour à l'air libre, la peluche en rejoint quelques autres sur nos literies dès ce mardi soir.

Quatre jours plus tard, le 26 décembre, tandis que ma femme se livre à un essai de contact avec Éric C., j'entame de mon côté une séance de TCI avec Pascal. Je dois me rendre le lendemain à Toulouse pour y chercher notre petit-fils et, évoquant ces douces retrouvailles, je souligne la joie que nous allons connaître durant ces quelques jours avec Matthieu. La double réponse de Pascal bien agréable mais banale qui n'aurait pas eu sa place ici, n'était la suite, fuse : « J'y avais pensé, je t'aime. »

Le lendemain, selon la pratique réciproque qui s'est établie entre nous, Éliane réécoute attentivement ma cassette de TCI de la veille et, aux deux tiers de la séance d'enregistrement, elle découvre, sur le fond de deux postes mêlant une voix allemande et un thème musical, cette déclaration nette et forte dont les deux derniers groupes de mots légèrement accélérés et d'un ton au-dessus des précédents révèlent l'enjouement de leur auteur : « Mamie... ruban... magnifique... tout neuf... merci mamie. » Cette phrase stupéfiante s'est donc inscrite après coup, sur mon enregistrement et en dehors de toute interrogation. De plus, elle révèle incontestablement la voix de Pascal dont on reconnaît nettement le timbre et le modulé des finales. Il a fallu au moins une minute à ma femme pour accepter de comprendre et d'admettre que cette observation ne pouvait s'appliquer qu'à la redécouverte le mardi précédent du nounours et aux remarques admiratives suscitées par son ruban.

Quand Hélène de S., quelques jours plus tard, découvrit ce message enjoué reprenant mot pour mot le constat peu avant énoncé par elle avec ma femme, elle fut suffoquée. Quoique déjà très informée de nos contacts et ayant entendu avec enthousiasme plusieurs messages reçus, elle n'avait jamais imaginé être, à son insu, observée et prise à témoin dans un message spontané de TCI.

Ce message ahurissant contenait encore une autre évocation inouïe, venant renforcer sa signification, sa singularité et son contenu affectif, par la prononciation, en son début et à sa fin, des mots « Mamie... merci mamie ». Pour comprendre le sens de ces mots, il faut savoir, comme ma femme et moi nous le rappelions alors avec émotion, que ce large nœud décoratif — tout comme un petit tablier entre-temps disparu — avait été confectionné et cousu jadis par ma mère, Madeleine Riotte. Cette grand-mère paternelle était la seule appelée « mamie » pour la distinguer de la grand-mère maternelle à qui était réservé le qualificatif « mémé ». Il était donc patent que ces remerciements de Pascal, encadrant le message principal, s'adressaient à la grand-maman confectionneuse du foulard, qui avait eu le mérite de cette œuvre si bien conservée.

Tout comme dans la plupart des messages que nous avons reçus durant ces dix années, la signification profonde du propos domine les stupéfiantes prouesses techniques qu'il fait ressortir. L'autonomie du message que nous observons pour la deuxième fois est vraiment fascinante. Plus encore la preuve que Pascal a vu et entendu à leur insu sa mère et son amie quelques jours auparavant, en dehors de toute séance de transcommunication, comme il nous le fait savoir. De telles possibilités, de telles révélations confirment l'immense valeur de la TCI pour ceux d'ici-bas.

Mais ce qui, en tant que parents, nous importe et nous touche au plus haut point, est que dans ce message reliant un événement récent et sa tendre enfance, dont le dénominateur commun est d'avoir été vécus avec nous, Pascal, comme dans tous ses autres messages, nous transmet d'abord, au présent, un intense message d'amour. Les lettres de noblesse de la TCI, c'est d'abord cela : les manifestations et les preuves de la survie exprimées dans un indéfectible amour.

Le 21 décembre 1999, je prie à nouveau Pascal de m'excuser de ne pas l'avoir contacté depuis plusieurs mois alors qu'Éliane a continué de procéder à des contacts heureusement plus fréquents. Et fructueux, ce dont je me suis un peu égoïstement réjoui pour moi-même bien que n'y ayant pas participé. Je lui indique que j'espère ne pas être sanctionné de cette abstention par son silence et, peut-être affaibli par le regret de ma carence, j'en viens à me demander ouvertement si, malgré sa promesse ancienne mais formelle d'être là pour nous accueillir lorsque nous franchirons le voile, les nécessités de son évolution et ses obligations lui en laisseront encore la capacité. J'ajoute enfin — pour me rassurer d'avance au cas où je n'obtiendrais rien — qu'ayant naguère encore constaté son habileté à insérer a posteriori un propos en dehors d'une séance d'enregistrement, il serait certainement capable d'inscrire et me faire découvrir au besoin sa réponse dans les heures ou jours suivants.

J'obtiens deux messages à quelques secondes d'intervalle, où nous reconnaissons très clairement sa voix, répondant successivement à l'une et à l'autre question. Il déclare d'abord, d'un ton très ferme et presque indigné, sur trois notes en crescendo : « Je suis là ! », sa protestation vigoureuse ne fait aucun doute. C'est assurément pour me faire comprendre qu'il reste toujours présent malgré les onze ans écoulés depuis son passage — et avec quelle force il me l'assène — et que par conséquent il sera encore au rendez-vous fixé lorsque je franchirai à mon tour la ligne qui nous sépare. C'est du moins le sens adéquat et logique qui s'attache à sa réponse, compte tenu du sens clair de ma question et du ton quasi courroucé de son apostrophe.

Le deuxième message vient quelques secondes après : « Entre deux. » La réponse est magnifique, elle confirme pour la première fois ce que nous avions bien observé : s'appuyant sans doute sur le fond énergétique fourni ou sur l'énergie de nos propres paroles, il m'informe qu'il glisse ses réponses « entre deux » propos ou mots prononcés par nous-mêmes ou par un speaker étranger (ou entre les notes d'une chanson ou d'une musique d'un poste ou d'une cassette étrangers).

La plupart du temps, sa réponse nous est fournie immédiatement sur la bande durant l'enregistrement, il utilise manifestement pour ce faire l'énergie qu'il vient de recevoir. Dans d'autres cas, tels les surprenants messages spontanés : « Froyard, petit message » et « Mamie... ruban... magnifique... tout neuf... merci mamie », inscrits entre deux séances de TCI, c'est de l'énergie précédemment emmagasinée qu'il a dégagée et utilisée au moment choisi par lui.

Qui sait d'ailleurs si, dans ces deux cas, son message sur la bande enregistrée n'a pas été délivré juste avant que nous procédions à sa réécoute. Il a en tout cas choisi l'énergie et le moment opportuns, que ce soit « entre deux » séances de TCI ou de réécoute, le résultat le montre.

Ces derniers exemples confirment de façon éclatante ce que tous les autres ont successivement montré durant onze ans : nos disparus, indépendamment de leur intelligence et mémoire parfaitement conservées, gardent la maîtrise complète de la communication. Ils sont les maîtres du jeu, nous ne sommes que de modestes participants émerveillés.

# VI

# Pratique de la transcommunication instrumentale (TCI)

La pratique de la transcommunication instrumentale est simple, ce qui ne veut pas dire dénuée d'efforts. Ma longue expérience, s'étendant sur onze années, m'a appris qu'indépendamment des liens d'amour ou d'affection ouvrant les meilleures chances à un contact positif, la patience et le calme sont des conditions indispensables à une bonne réussite. Beaucoup d'essais ou de questionnements sont sans résultat, ou indéchiffrables, ou insuffisamment audibles. Dans nombre d'essais que nous avons enregistrés, en surimpression sur le propos, le fond musical, le bruit blanc ou le frottement utilisés comme fonds sonores, nous avons obtenu une voix indiscutable cherchant à s'imposer mais restant cependant incompréhensible. Il ne s'agissait pas d'une langue étrangère mais d'un langage heurté ou embrouillé auquel notre messager de l'ailleurs n'avait d'évidence pas réussi à donner une forme qui nous fût compréhensible.

La patience, qu'il s'agisse d'abord de celle déployée pour la répétition des essais au cours d'une même séance, fût-ce sous des formes légèrement différentes, s'est toujours avérée indispensable car souvent payante. Tout aussi importante est la patience consacrée à l'écoute puis à la réécoute des enregistrements. Elle est aussi impérieuse que celle attachée aux essais réitérés puisque, sans cette persévérance dans l'attention et le temps consacré à l'analyse, on risque de laisser passer un magnifique message du disparu.

### *Les matériels, leurs caractéristiques*

Le matériel de base est le magnétophone. Certaines personnes utilisent, en lieu et place du magnétophone, le haut-parleur d'un poste de radio (assez rarement et avec plus de difficultés), l'ordinateur, d'autres y ajoutent une diode, d'autres un préamplificateur, etc. Outre que l'utilisation de ces matériels nécessite des compétences techniques particulières (ainsi en est-il du « psychophone » par exemple[1]), il serait à mon sens imprudent, voire complètement négatif de se lancer dans la transcommunication instrumentale sans avoir déjà pratiqué la méthode simple du magnétophone et l'avoir dominée avec succès.

Ceci pour une double raison. La première est que, comme mes premiers essais l'ont aussitôt montré[2] et comme tous les pionniers de la transcommunication l'ont constaté (Monique Simonet[3], Hildegard Schäfer[4]...), les appareils ou appareillages les plus sophisti-

---

1. Hildegard Schäfer, *Théorie et pratique de la transcommunication, op. cit.*, les pages 59 et suivantes décrivent cet appareil créé par l'ingénieur viennois Franz Seidl.

2. Cf. ma première expérience complète directe de transcommunication du 28 octobre 1990, p.67-69 supra.

3. Monique Simonet, *Porte ouverte sur l'éternité, op. cit.*, p. 148.

4. Hildegard Schäfer, *op. cit.*, p. 84.

qués ne sont pas nécessairement les plus performants, tant s'en faut.

La seconde raison est que, en attendant que l'évolution future de la technique et surtout de la recherche permette la mise en œuvre d'appareillages éventuellement plus complexes mais bien maîtrisés, le magnétophone (à cassettes ou à bande magnétique) reste pour les particuliers le moyen le plus simple et le plus sûr d'obtenir la communication souhaitée. C'est-à-dire, ne l'oublions pas, le réconfort et l'apaisement tant attendus.

Quant au type de magnétophone à utiliser, peu importe sa marque, dès lors qu'il est robuste et présente certaines caractéristiques essentielles. Il doit d'abord comporter un variateur de vitesse de défilement à la lecture, ceci permettant d'obtenir le ralenti souvent nécessaire à une écoute parfaite, sans ambiguïté ou incertitude sur les termes exacts du message reçu. En effet, il arrive assez fréquemment que les messages réceptionnés se présentent sous forme de propos volubiles, nettement plus rapides que la cadence habituelle de notre parole humaine. Bien que, à l'écoute en vitesse normale, ces propos empressés restent pour la plupart tout à fait clairs et compréhensibles, certains sont à la limite de notre compréhension — et aux limites de notre inquiétude —, nuages passagers qu'une réécoute en ralenti choisi permet de dissiper aussitôt en nous révélant un texte dont le sens et la clarté sont indiscutables.

On ignore évidemment, en l'état actuel des recherches, la raison exacte du débit parfois précipité de notre interlocuteur de l'au-delà, bien que la cause générale en soit assez probable : l'inadéquation de nature et de vitesse entre les ondes ou particules régissant l'autre dimension et celles régnant dans notre sphère terrestre, auxquelles notre cerveau humain est adapté.

Une autre caractéristique très utile du magnétophone est la commande possible du retour en arrière pendant la lecture, pour réécouter promptement un passage, plusieurs fois si besoin. Le magnétophone doit également comporter, indépendamment de la touche « stop » indispensable, une molette de réglage de la puissance du son, et pas seulement celle de réglage de la vitesse sus-mentionnée.

S'il s'agit d'un magnétophone à cassettes, celui-ci doit de préférence recevoir les cassettes standard, plus faciles à échanger ou écouter.

Il est également important de disposer d'un microphone extérieur au magnétophone, que l'on branche sur celui-ci et que l'on place de préférence à deux ou trois mètres de cet appareil, pour obtenir une meilleure qualité, un meilleur résultat des enregistrements. C'est l'expérience qui nous recommande d'utiliser ce complément de bonne qualité et si possible omnidirectionnel ou du moins multidirectionnel ; bien entendu le microphone incorporé dans le magnétophone se trouve automatiquement coupé lors de l'utilisation du microphone extérieur.

Je recommande enfin, pour l'affinement de certains messages faibles, d'acquérir un casque d'écoute ou de se munir d'écouteurs pour réécouter ou clarifier certains messages. Il arrive en effet que, même lorsque la situation atmosphérique paraît favorable (si elle est claire et ensoleillée, avec absence de vent), l'enregistrement reçu soit perturbé par un fort bruit d'ondes extérieures, distinct du fond énergétique, beaucoup plus modeste et identifiable. On peut aussi utiliser, le cas échéant, un casque d'écoute sans cordon, qui semble permettre une perception plus fine du langage reçu. Il va toutefois sans dire que, s'il subsiste une hésitation quelconque sur la teneur du message reçu, celui-ci doit être impitoyablement écarté.

Enfin, lorsqu'on a obtenu de beaux messages consolateurs et qu'on souhaite les faire entendre à des proches parents ou amis, il n'est pas inutile d'acquérir également deux petites enceintes que l'on branche sur le magnétophone. Astucieusement disposées dans la pièce, elles fournissent une importante amplification des enregistrements, donnant des résultats impressionnants par leur clarté, leur force et l'identification patente de leur auteur.

C'est avec le magnétophone simple, robuste et peu coûteux acquis il y a maintenant onze années que nous avons obtenu la totalité des messages enregistrés durant cette longue période.

### *Le mode opératoire des séances*

J'en viens maintenant au processus opératoire des séances de contact. Il convient d'abord de s'installer dans un lieu calme, à l'abri de la plupart des bruits d'extérieur, afin qu'aucune perturbation ne vienne nuire à la concentration nécessaire, à la qualité de la séance d'enregistrement elle-même et à la validité de l'enregistrement qui en résultera. L'heure de la journée me paraît de peu d'importance ; il me semble toutefois préférable d'opérer dans le courant ou en fin d'après-midi ou encore le soir, qui semblent le mieux convenir à nos interlocuteurs de l'autre dimension. Il paraît, en revanche, très profitable d'opérer à des heures régulières.

Il semble plus certain que le choix d'une journée

calme, pas nécessairement ensoleillée mais en tout cas sans déchaînements atmosphériques, pluvio-venteux ou orageux, soit préférable voire indispensable. C'est ce que notre expérience d'une décennie nous a enseigné et c'est tout autant ce que Pascal lui-même a confirmé sans hésitation dans un message de la mi-mai 1996.

Quant à l'agencement des matériels, il est tout aussi simple : le magnétophone reste à portée de la main, le micro extérieur est placé à deux mètres environ du magnétophone auquel il est relié, enfin le fond énergétique employé (fond de radio étrangère, éventuellement deux postes radio étrangers mêlés, cassettes préenregistrées de chansons, musiques ou langues étrangères se déroulant sur un autre magnétophone, bruits concrets d'écoulement d'eau continu, frottements d'étoffe ou de papier sur une surface dure, etc.) est placé — tout comme la voix de l'opérateur lui-même — près du magnétophone ou entre celui-ci et le micro extérieur.

Comme je l'ai déjà évoqué, la mise en place d'un fond énergétique sonore n'est pas absolument indispensable : j'ai obtenu à plusieurs reprises des messages parfaits sans l'addition d'aucun fond. La réussite est cependant plus aléatoire, puisqu'en ce cas notre interlocuteur doit puiser ailleurs l'énergie nécessaire (dans notre propre voix, dans notre énergie vitale, peut-être dans celle de précédents enregistrements, on n'en sait strictement rien), ce qui rend sa tâche encore plus difficile. La plus grande rareté des messages obtenus sans fond d'énergie en témoigne.

Le poids et la complexité du travail de notre interlocuteur invisible, alors que nous mettons simultanément à sa disposition un support d'énergie, sont déjà grands. En attestent plusieurs des réponses de notre fils et d'abord celle que nous reçûmes lors de notre premier contact complètement indépendant du 28 octobre 1990, où il répondait lui-même : « Oui, c'est très difficile... pour moi. Toute ta technique... » Il est en effet aisé d'imaginer les difficultés de la tâche multiforme de notre interlocuteur invisible : projection (ou construction) de la voix, obtention du débit vocal adéquat à notre compréhension (adaptation très délicate, comme en témoignent parfois des messages prononcés très rapidement, d'où notre recours à la fonction ralenti, pour leur réécoute), choix du moment opportun pour notre parfaite perception des messages (entre deux mots, ou deux propositions d'une phrase, ou deux phrases du speaker ou du chanteur étranger, ou encore en lieu et place de plusieurs mots du texte ou de la chanson utilisés comme fond énergétique, etc.). D'où parfois des phrases du disparu nettement perçues en surimpression avec la source énergétique étrangère (comme cela se produit souvent) mais alors incompréhensibles.

Il est tout à fait déconseillé à un transcommunicateur débutant d'entamer des essais sans recours à un fond énergétique : il courrait certainement à l'échec. En revanche, lorsqu'on aura atteint le succès espéré et obtenu un certain nombre de messages clairs, incontestables et donc salvateurs, on pourra tenter un ou plusieurs contacts sans ajout d'énergie. Il est certain que, lorsqu'on obtient des messages de cette manière, ceux-ci sont plus impressionnants au plan vocal, car on n'y entend aucun bruit de fond, seul le bruit éventuel et très léger de la bande passante est perçu. Ce qui donne l'impression aiguë que notre interlocuteur est encore incarné, à côté de nous, dans la pièce même où nous sommes, sans l'intermédiaire d'un magnétophone.

Si on sait que la réalisation d'une transcommunication est en elle-même une œuvre déjà bien difficile pour notre interlocuteur, on ne doit pas, à mon sens, hésiter à recourir la plupart du temps aux compléments énergétiques souhaitables. Je souligne à ce propos que le réglage de l'intensité de ce fond énergétique (ou de deux fonds énergétiques mixés) près du magnétophone ou entre le magnétophone et le micro extérieur ne doit pas être élevé. L'expérience nous a montré qu'un réglage parfois excessif ne sert pas la qualité de la transcommunication, il peut même, semble-t-il, la rendre impossible.

### *Analyse des enregistrements*

Pour une parfaite certitude et garantie qu'on n'a pas laissé échapper un message important ou réconfortant (en communication avec nos aimés, c'est presque synonyme), je recommande de procéder en deux temps.

En premier lieu et après chaque essai, écouter attentivement la totalité de la bande enregistrée, y compris les propos et questions que l'opérateur a tenus à son interlocuteur invisible, avant de lui laisser un moment la parole. Cette analyse de l'enregistrement sera effectuée après chaque essai complet, quel que soit le nombre des essais successifs tentés au cours de la séance.

En second lieu et comme la pratique nous en a démontré l'importance, il est recommandé de procéder à une réécoute complète de tous les essais effectués, qu'on le fasse le jour même ou le lendemain ou même plus tard. Il s'est en effet avéré à quelques reprises qu'un message faible, quoique clair mais important — qu'il soit très court ou plus long —, avait échappé à notre attention et à notre vigilance lors de notre première écoute. Ceci s'explique par le fait qu'à la suite de chaque enregistrement, on est impatient de savoir s'il a été répondu à notre question ou préoccupation par notre disparu et notre impatience, même maîtrisée, réduit à notre insu notre capacité d'attention à tous les sons entendus et à leur sens exact. À tel point que nous nous sommes, à deux reprises au moins, après redécouverte inopinée d'un message passé inaperçu, reproché notre étourderie d'élèves indisciplinés. Lors de la réécoute, on doit donc prendre le temps nécessaire, utilisant de nouveau et aussi souvent que souhaitable le ralenti, en revenant au besoin à plusieurs reprises sur des sons ou groupes de sons articulés de courte durée, que l'oreille a pu négliger. La plupart des messages sont perceptibles et clairs tandis que ceux nécessitant une analyse fine et pesée restent en petit nombre.

Dans le même esprit, je recommande à l'opérateur, quelle que soit sa capacité d'attention, d'exercer son oreille à la forme, au rythme, au timbre et à l'insertion des mots ou expressions captés. Bien que certains de ces éléments soient variables (la rapidité par exemple, souvent aussi le positionnement de la réponse par rapport au fond énergétique), cette accoutumance auditive permettra ensuite à l'opérateur de capter plus vite et sûrement les messages reçus.

Je dois souligner à ce propos que l'une des plus stupéfiantes particularités de la transcommunication, indépendamment de la production assez fréquente de la voix exacte du disparu — timbre, intonation, cadence compris —, comme nous l'avons constaté avec émerveillement, est le positionnement variable du message par rapport au fond énergétique employé. S'agissant par exemple d'une source énergétique préenregistrée ou non, constituée par le déroulement d'un texte (voix d'un speaker ou narrateur) ou d'une séquence musicale (chanson masculine ou féminine, chœur, orchestration...), on constate que le message peut se présenter selon les cas de manière différente : tantôt la voix du messager se présente nettement en dehors et au-dessus (c'est le terme qui vient immédiatement à l'esprit) du support énergétique ; tantôt la voix se place entre deux mots ou groupes de mots du narrateur ou chanteur (utilisant ce bref laps de respiration entre deux périodes) ; tantôt la voix en français de notre messager se substitue purement et simplement durant quelques mots ou notes à celle du speaker, de la speakerine ou de l'interprète unique ou principal de la chanson (lorsqu'elle comporte par exemple un chœur) ; tantôt enfin, mais plus rarement, c'est la voix même du speaker ou de l'interprète qui, sans changement de ton ni de timbre ou de cadence, fournit soudain en français la réponse à la question posée.

C'est d'autant plus confondant que ce type de positionnement changeant du propos de notre messager est aussi imprévisible qu'inexplicable, même a posteriori. La seule explication de caractère général, logique et plausible de cette variabilité réside dans les difficultés énormes rencontrées et avouées par nos interlocuteurs invisibles pour nous délivrer leur message. Celles-ci les obligeant à adopter dans chaque cas le mode d'insertion le plus approprié.

Indépendamment de l'aptitude croissante de l'expérimentateur à discerner sans erreur ni hésitation les messages reçus, il est un tout autre aspect observé par nombre de personnes : l'accroissement progressif de leur médiumnité, c'est-à-dire leur aptitude grandissante à recevoir souvent et aisément des messages des disparus contactés. Ma femme et moi l'avons nous-mêmes découvert peu à peu, avec surprise et joie. C'est un fait avéré, comme la réalité de la transcommunication instrumentale elle-même.

Quant à l'explication de cette faculté croissante, on ne peut émettre que des conjectures ; la plus probable me paraît être que notre interlocuteur, réconforté par nos contacts et aidé par une connaissance grandissante des éléments qu'il reçoit (la nature de notre voix, les caractéristiques techniques des appareils que nous utilisons, les fonds énergétiques le plus souvent employés, le positionnement des lieux habituels d'où nous faisons nos essais...), maîtrise de mieux en mieux ces facteurs combinés, acquérant une aisance croissante à entrer en communication avec nous.

On pourrait sans doute imaginer l'inverse, savoir que notre pratique des contacts de plus en plus affirmée, à laquelle les liens d'amour confèrent un potentiel singulier, nous gratifierait d'une sorte de capacité instinctive à nous placer sur le canal de liaison de notre interlocuteur invisible, lequel ne serait certainement pas étranger à cette évolution. Pourquoi pas puisqu'on ignore tout des causes et des effets. Cette seconde hypothèse, pour audacieuse qu'elle soit, ne paraît pas à exclure.

À moins que les deux ne soient l'une et l'autre valables, se combinant pour donner, au fil du temps, le meilleur socle à nos communications avec l'aimé disparu. Une sorte d'« autoroute de l'information » personnalisée, venant succéder aux chemins plus chaotiques du début.

Enfin, comme nous l'avons constaté lors de séances d'audition avec des amis ou relations privilégiées, il y a aussi des personnes qui, en dépit d'une audition un peu déficiente, perçoivent plus aisément que d'autres, sans qu'on ait attiré leur attention sur les points particuliers de la bande enregistrée, tous les messages reçus y compris ceux éventuellement très faibles. Cette observation renforce l'intérêt pour tous les nouveaux expérimentateurs, fines oreilles ou non, de s'exercer à l'écoute réfléchie des messages enregistrés.

Tels sont les conseils et remarques essentiels s'appliquant à la pratique de la transcommunication instrumentale. Pour le reste, l'exercice et l'observation fournissent les réponses simples aux petites difficultés pouvant se rencontrer. Car une fois mis en place les matériels et vérifié leur fonctionnement technique aisé, la meilleure condition du succès est et reste l'amour intense nous liant indéfectiblement à notre disparu. Cela est aussi un fait incontournable, souvent vérifié. Sans nier la valeur des résultats positifs obtenus par les scientifiques et chercheurs indépendants, dont le courage doit être salué, il faut admettre que les meilleurs contacts et les plus faciles sont ceux obtenus par les endeuillés dans leur relation d'amour puissante et indestructible avec l'aimé, toujours présent.

La raison en est aussi simple que merveilleuse.

# VII

# La TCI, ses origines, sa reconnaissance, ses explications

Tel est le constat stupéfiant et péremptoire auquel nous conduit la découverte de la transcommunication instrumentale : la réalité de la survie de nos aimés et de leur amour indéfectible.

L'authenticité éclate par l'évocation de souvenirs strictement personnels, l'adéquation des réponses aux questions, l'intelligence intacte de notre interlocuteur, autant et plus encore son amour préservé et si souvent rappelé. Et que dire encore de l'identification du timbre de sa voix en de nombreux cas.

Un autre point important est que la voix de notre interlocuteur disparu, lorsqu'elle se présente au-dessus, en dehors du fond énergétique ou entre deux mots, phrases ou périodes de ce support, correspond toujours à celle de son sexe, masculin ou féminin, selon que l'on interpelle un homme ou une femme. Et ceci même lorsque le timbre de la voix — assez rarement d'ailleurs — n'est guère reconnaissable. Chaque fois que mon fils, ma mère, ma belle-mère ou d'autres personnes se sont exprimés, il en a été ainsi. À tel point d'ailleurs que ce n'est pas cet aspect, tant il nous paraissait naturel, qui avait vraiment retenu notre attention lors de nos premiers contacts émerveillés. Cet énième élément d'authentification, venant s'ajouter à tous les autres, n'en revêt pas moins une réelle importance.

À plus forte raison, cette particularité, tout à fait normale dans la plupart des réponses obtenues, recèle-t-elle une valeur démonstrative considérable dans des cas comme celui que nous avons vécu le 11 février 1992, commenté par François Brune[1].

### *Le rejet des hypothèses abracadabrantes et incompatibles*

Si en ce message, par exemple, le subconscient de mon épouse était, à l'insu de celle-ci, l'auteur de la réponse protestataire immédiatement entendue, comment aurait-il pu s'exprimer d'une voix indiscutablement masculine, jeune et forte ? Comme l'écrit François Brune avec modération mais douce ironie : « Il faudrait un subconscient bien retors et bien rapide pour réagir aussi vite et avec des ruses psychologiques aussi subtiles. » J'ajouterai : et pourquoi ? Certes, la science continue d'ignorer ce qu'est la conscience humaine, à laquelle on pourrait supposer les plus phénoménales capacités, mais si le subconscient de l'opératrice avait été, à son insu, l'âme de ce message contestataire, on devrait s'inquiéter sérieusement de l'avenir de notre espèce, capable de telles roueries et pour tromper qui : le questionneur lui-même ! Et en plus de façon gratuite. Cette scission cachée de la personnalité ordinaire en deux parties simultanément antagonistes serait assez bouffonne, ou tragique. Cette hypothèse, dite animiste,

1. Message intitulé « Paroles d'amour » par François Brune dans *À l'écoute de l'au-delà, op. cit.*, cité supra pages 82-84.

du subconscient de l'opérateur venant dans son dos projeter une réponse à sa question est donc inacceptable car contraire aux conditions et aux résultats du contact. Je me garderai d'insister sur ce point.

Restent trois hypothèses auxquelles on peut un instant songer : les interférences, les ondes rémanentes et les extraterrestres (ce n'est pas par provocation, mais dans un simple souci d'honnêteté intellectuelle, que je m'impose d'évoquer aussi cette hypothèse qui est sans doute venue à l'esprit de certains). C'est fondamentalement au regard de mon expérience concrète, au regard de son contenu, ses circonstances et ses résultats, que j'examine objectivement ces hypothèses, tout comme je l'ai fait pour l'hypothèse animiste. Cette approche me paraît déterminante pour éliminer les interrogations ou incertitudes pouvant se présenter. Pour une étude historique et technique plus approfondie, des hypothèses ou de leur critique, le lecteur pourra, le cas échéant, se reporter à l'ouvrage *À l'écoute de l'au-delà*, de François Brune et Rémy Chauvin, sur la nature de la TCI, le plus complet et critique présenté sur cette question.

### *Des interférences*

Les interférences sont des sources d'émissions de toutes provenances (radios nationales ou privées, communications de services officiels tels police, gendarmerie, hôpitaux... activités de radio amateurs, etc.) qui pourraient avoir été captées lors d'une séance de transcommunication. L'opérateur serait alors victime de la grave confusion créée entre cette interférence et ce qu'il croyait une réponse à son questionnement. De telles interférences accidentelles ne sont pas inconcevables au plan technique, quoique peu probables et rares.

L'hypothèse se heurte aux caractéristiques constantes et incontournables, rappelées plus haut, des réponses reçues en TCI : la parfaite adéquation de la réponse à la question, son caractère en général très personnel, son contenu souvent connu du seul disparu ou de l'opérateur, sa formulation par une voix correspondant toujours au sexe de l'interpellé, l'identification fréquente de cette voix... Ces particularités fondamentales excluent évidemment toute confusion avec une interférence accidentelle. Celle-ci ne saurait présenter systématiquement la même concordance personnelle et complète avec la question posée.

Si une interférence extérieure était susceptible de produire, par coïncidence, un propos dont le sens, la substance et le ton fussent interprétables comme ceux de la réponse attendue à la question posée, cela ne pourrait d'évidence constituer qu'une exception rarissime. Il ne pourrait au surplus s'agir que d'une réponse très brève, d'un ou deux mots maximum, car un propos plus long, par sa spécialité même, exclut toute confusion. A fortiori lorsque le disparu éclaire son propos par son prénom ou par la citation de noms propres ou de faits personnels vécus se rattachant directement à la question posée.

Quant à une éventuelle mystification d'un tiers extérieur cherchant à tromper l'opérateur en utilisant sa longueur d'onde, elle ne résiste pas plus à l'examen. Non seulement parce qu'au plan technique, comme le souligne François Brune [1], le mystificateur devrait « connaître la longueur d'onde utilisée par l'expérimentateur », ce qui est impossible puisque la longueur d'onde n'est jamais la même, différente chaque fois selon le support utilisé. Que de même cela supposerait que le

1. *À l'écoute de l'au-delà*, *op. cit.*, p. 138.

mystificateur « dispose également d'un puissant moyen d'écoute pour pouvoir répondre pertinemment aux questions posées ». Mais encore et surtout, me fondant sur ma propre expérience en TCI, j'affirme qu'aucun mystificateur n'a pu avoir l'occasion d'intervenir dans nos contacts, pour la simple raison que nous n'en avions jamais informé quiconque par avance, qu'ils ont été réalisés dans des lieux fort différents (région parisienne, Normandie, Suisse), et que la plupart du temps nous en prenions la décision au dernier instant, lorsque nous nous sentions dans un état d'humeur et de disponibilité propices. Il est donc clair qu'aucun manipulateur, techniquement surdoué, mentalement extralucide et imitateur de surcroît, n'a pu intervenir dans nos communications. L'eût-il fait, qu'il eût dû en outre connaître les réponses qu'il ignorait nécessairement.

Cette hypothèse des interférences accidentelles ou délibérées ne peut donc être retenue en raison des impossibilités qui la caractérisent. Il en est de même de celle des ondes rémanentes, théorie parfois évoquée par certains pour tenter d'expliquer le phénomène de la TCI.

### *Des ondes rémanentes*

La théorie des ondes rémanentes prend sa source dans les traditions extrême-orientales, auxquelles j'ai fait une référence allusive au début de cet ouvrage sous le terme « chroniques d'Akasha ». Il s'agirait d'ondes transportant tous les sons et images produits dans notre univers, que ce soit par les humains, leurs machines ou par la nature elle-même. Ces ondes auraient une vie éternelle et, bien qu'il n'existe pas d'appareil apte à les démasquer et les recueillir, on imagine qu'elles pourraient par exemple — toujours selon la théorie proposée — être captées par le magnétophone. Elles seraient de même nature que celles captées par les authentiques médiums. Ce seraient certaines de ces ondes, en l'occurrence des mots ou phrases prononcés il y a des millénaires ou plus récemment, qui viendraient, par hasard, s'inscrire sur notre magnétophone et nous donner l'illusion d'une réponse à telle question posée à notre disparu.

Pour passionnante et fantastique qu'elle soit au plan visionnaire, cette théorie ne peut, pas plus que les autres, entrer dans le cadre de la TCI. Car à supposer que les ondes rémanentes existent, ce qui pourrait paraît-il s'expliquer au niveau quantique, leur existence ne pourrait fonder les phénomènes de TCI tels que nous les enregistrons, ni même en rendre compte. Même si l'on admet par définition que ces ondes renferment tous les bruits et sons créés dans l'univers — et restons, en toute modestie, dans l'univers de la zone terrestre —, l'on ne voit pas comment, fût-ce en tablant sur les meilleures probabilités, des propos même très anciens pourraient s'adapter exactement à chaque question posée. Et cela bien entendu de façon tout à fait fortuite, puisque ces ondes rémanentes ne seraient pas la manifestation d'âmes vivantes, mais l'expression de phénomènes purement matériels (sinon ce serait reconnaître ipso facto l'origine spirituelle de la TCI, contrairement à la pétition de principe des tenants de cette théorie).

Il en irait autrement si l'on admettait que ces ondes rémanentes peuvent être utilisées par nos disparus pour les aider dans la formulation de certaines réponses. Ce serait encore et d'une manière différente souscrire à l'origine spirituelle des messages de TCI. Il s'agirait d'ailleurs d'une tentative d'explication de la construction de certains messages par nos disparus, alors que nous n'en sommes malheureusement pas encore à ce stade avancé. Nous nous contentons pour le moment de découvrir et d'admirer la réalité merveilleuse de nos contacts avec nos disparus. Et la spécificité, la concordance et l'exactitude personnelles de chaque réponse évincent assurément toute hypothèse de messages fournis par le télescopage fortuit d'ondes rémanentes de notre univers.

*Des extraterrestres*

Resterait alors une hypothèse, tout aussi fantastique, que je n'ai pas le droit d'éluder, celle de l'intervention d'extraterrestres. Ceux-ci, selon la proposition de certains, fourniraient eux-mêmes des réponses en lieu et place de celles que nous croyons émaner de nos disparus.

Le problème de l'existence des extraterrestres est très controversé dans l'opinion et chez beaucoup la discussion provoque les plus vives réactions de rejet. Une telle discussion n'entre pas dans le cadre de cet ouvrage, je me contenterai de répondre à l'hypothèse ci-dessus évoquée à l'égard de la TCI. Pour les besoins de la discussion, j'admettrai sans barguigner l'existence des extraterrestres et leurs capacités scientifiques très supérieures aux nôtres. S'il en était ainsi, les extraterrestres auraient-ils les moyens de contrefaire nos interlocuteurs espérés, en auraient-ils la volonté systématique, y auraient-ils un intérêt ?

Concernant leurs moyens, on serait tenté de les juger considérables, ce qui supposerait leur capacité d'entrer « en ligne » à tout instant avec chaque opérateur terrestre lors de chaque tentative, de connaître en totalité la personnalité et le vécu du disparu — y compris son registre vocal exact — ainsi que de sa famille, enfin d'établir un réseau permanent de recherches, d'écoutes et de transmissions colossales pour mener à bien cette seule entreprise. Car ils n'auraient sans doute pas que cet objectif à l'égard de notre humanité, la transcommunication ne concernant sans doute qu'une part réduite de leurs desseins.

Une première objection majeure se présente : en raison des moyens et capacités techniques devant être mis en place et fonctionner correctement pour assurer ces objectifs considérables, comment se ferait-il que les extraterrestres aient tant de difficultés à nous faire passer des messages longs et élaborés ? Tous les messages reçus, nous l'avons constaté et ce constat est général[1], sont des messages courts dont les conditions de production (avec parfois hésitations, espacements entre certains mots, langage un peu heurté) laissent souvent entendre que leur brièveté est due à une faible disponibilité énergétique ou à un difficile ciblage de notre espace-temps[2].

Si les extraterrestres étaient les auteurs des réponses reçues par TCI, comment se ferait-il qu'ils fussent incapables de construire et plagier des réponses longues, voire complexes, de nos disparus, pour se contenter, dans les meilleures communications, de phrases courtes dont les plus longues et rares ne dépassent pas quinze

1. Cf. François Brune, *Les morts nous parlent, op. cit.* ; Hildegard Schäfer, *Théorie et pratique de la transcommunication, op. cit.* ; François Brune et Rémy Chauvin, *À l'écoute de l'au-delà, op. cit.* ; les nombreux ouvrages de Monique Simonet et tant d'autres.

2. Il arrive que les disparus reconnaissent eux-mêmes cette difficulté : ainsi les messages que j'ai reçus de Pascal le 28 octobre 1990 (mais si l'on croit à l'intervention d'extraterrestres, ce seraient alors eux qui auraient inventé cette déclaration pour nous duper).

mots ? Puisque par hypothèse ils disposeraient des moyens, du temps et de l'énergie nécessaires pour répondre aux interrogations des expérimentateurs, comment se pourrait-il qu'ils ne mettent pas plus de soin à construire des messages plus élaborés et irréprochables ? Cela n'est ni crédible ni cohérent. D'autant plus que, quelles que soient les intentions supposées d'extraterrestres, la contradiction resterait complète : que ces êtres soient bienveillants ou malveillants à notre égard, leur imperfection technique resterait saugrenue.

Il existe cependant des messages plus longs, mais beaucoup plus rares, réservés à quelques chercheurs. Ce ne sont pas des communications personnelles adressées à des endeuillés, mais des discours de caractère général, de type philosophique ou religieux, ou à prétentions scientifiques. Malgré l'autorité affichée par leurs auteurs, on ne sait de qui ils émanent. Quant à leurs conceptions, elles sont multiformes, souvent divergentes, impropres à une réelle synthèse. Sans mettre en doute l'effort ni l'honnêteté de ces chercheurs, je m'en tiens donc à l'immense majorité des messages, ceux, personnels, reçus par les endeuillés, ceux que mon épouse et moi avons recueillis. Ce sont au surplus les seuls qui, par les détails intimes ou vérifiables de leur contenu, voire par leur tonalité ou leur forme, apportent aux endeuillés la révélation salvatrice de la survie des leurs, objet primordial du présent ouvrage.

Je rappelle que toutes les réponses que nous avons reçues sont des messages d'amour et de soutien, jamais de mépris ou de haine (sous la seule réserve et observation faite par certains transcommunicateurs qu'un message déplacé ou injurieux puisse exceptionnellement se glisser dans une séance de TCI). Il est donc difficile d'imaginer que des extraterrestres, s'ils intervenaient dans les séances de TCI, fussent animés d'intentions malfaisantes à notre égard. Et s'ils avaient le souci d'aider notre humanité, ils ne manqueraient pas de nous faire passer des messages plus longs et plus fréquents. Si, à l'inverse, leurs intentions étaient nuisibles, de même des messages plus nombreux et complets serviraient mieux et plus vite leur cause.

De quelque côté que l'on se tourne, l'impossibilité et l'incohérence d'une éventuelle intervention d'extraterrestres dans les messages passés aux endeuillés et à leurs familles par TCI s'imposent.

On pourra encore objecter que, s'ils ont vraiment l'intention de faire du mal, la plus grande rouerie de leur part consisterait à nous faire provisoirement du bien, pour mieux nous détruire ensuite. Mais comment ? Pour nous faire croire au mensonge de notre survie ? Mensonge dont la révélation dans l'au-delà ne pourrait de toute manière nous frapper puisque dans cette hypothèse notre Être ne nous survivrait pas.

À vouloir répondre aux théories ou objections les plus fantastiques, quelle que soit notre approche, on se heurte finalement à la plus complète déraison. Toutes ces hypothèses ne résistent pas à un examen sérieux. Leurs tentatives d'explications supposent des contradictions ou impossibilités qui en font ressortir le caractère factice. Et ce au contraire de la transcommunication instrumentale telle qu'elle est vécue, dont toutes les caractéristiques concordantes soulignent l'incontournable authenticité.

La TCI nous révèle ainsi que la mort n'est pas la mort puisque la pensée, principe fondamental de l'Être, en lequel réside toute sa grandeur (selon notre grand Blaise Pascal), est restée intacte. Elle nous révèle que la conscience n'est pas le produit du corps physique puisqu'elle lui survit. La théorie mécaniste a vécu. Ce constat est inéluctable. Par sa conscience préservée, c'est l'homme lui-même qui survit complètement, au contraire de ce qu'un matérialisme candide proclame un anéantissement. En présence d'un tel constat, on se prend à s'interroger sur ce que nous sommes, ce que nous représentons réellement, nous les vivants terriens, si naturellement enclins à croire que notre existence ici-bas serait la seule manifeste.

Puisque notre conscience, qui est l'expression même de notre Être, subsiste pleinement après notre destruction physique, ne serait-ce pas le contraire ? Notre Moi réel ne serait-il pas celui qui perdure et continue de se manifester après ce que nous avons commodément appelé la mort, tandis que notre moi physique ici-bas incarné ne serait qu'un reflet partiel et passager du vrai Moi, ce Moi réel indestructible ? Si fantastique qu'il paraisse, ce raisonnement de bon sens nous est inévitablement imposé par le vécu de la TCI.

### *Les pionniers de la TCI*

Comme l'avait révélé François Brune dans son ouvrage fondamental de 1988, *Les morts nous parlent*, et comme il le confirme avec de nouvelles précisions dans son ouvrage commun avec le professeur Rémy Chauvin[1], la découverte accidentelle du phénomène de la TCI a été effectuée presque simultanément, dans les mêmes années, par trois personnes qui s'ignoraient tant

1. *À l'écoute de l'au-delà*, *op. cit.*, p. 108 et suivantes.

par leur situation géographique que par leur nationalité et leurs activités sociales, cela entre fin 1952 et 1964.

Comme les trois mousquetaires, ces trois pionniers imprévus étaient en réalité quatre. Le premier fut le père Agostino Gemelli, physicien et médecin de renom alors président de l'académie pontificale des sciences au Vatican et fondateur de l'université catholique du Sacré-Cœur à Milan, assisté de son ami le père Pellegrino Ernetti, bénédictin, lui aussi physicien et spécialiste de musique prépolyphonique. C'est au cours de filtrages de chants grégoriens que, le 17 septembre 1952, le père Gemelli, après avoir rompu le fil de son magnétophone (il n'y avait pas encore de magnétophones à bande) et l'avoir réparé en invoquant son père disparu, puis être revenu en marche arrière pour réécouter l'enregistrement précédent, découvre avec stupéfaction la voix de son père s'identifiant franchement et employant un terme ironiquement affectueux qui lui était personnel.

Les deux pères physiciens se rendirent dans l'inquiétude auprès du Saint-Père qui était à l'époque Pie XII. Sa réaction sur ce phénomène concrétisé par l'enregistrement reçu fut extrêmement sage et positive. Il admit le caractère objectif et non suggestionnable de l'enregistreur, estimant que cette expérience marquerait peut-être le début d'une nouvelle période venant scientifiquement « confirmer notre foi en l'au-delà ». Dans les années qui suivirent, ces deux physiciens auraient obtenu, dans leur laboratoire, délibérément cette fois, des enregistrements par milliers.

Le second pionnier fut le Suédois Friedrich Jürgenson, artiste peintre et réalisateur de films qui, le 12 juin 1959, sera bouleversé par une découverte semblable à celle du père Gemelli restée secrète.

Au cours d'enregistrements de chants d'oiseaux dans un coin de forêt proche de Stockholm où il se trouvait seul, il découvrit soudain sur sa bande un solo de trompette. Stupéfait, il fit le jour même puis un peu plus tard d'autres essais, au cours desquels il reçut une voix en norvégien, puis des voix en russe, puis finalement la voix de sa mère décédée quatre ans plus tôt. C'est en 1967 qu'il publia le premier ouvrage au monde sur ces phénomènes[1].

Enfin, c'est en 1964 qu'un Letton polyglotte, grand traducteur de littérature espagnole en letton, fit à son tour la même découverte inopinée, en réécoutant la bande de son magnétophone qu'il avait par mégarde laissé en marche avant de s'absenter. Les premiers mots qu'il reçut comme un choc étaient le diminutif affectueux que sa mère lui donnait jadis : « Kosti, Kosti ! » Ayant appris dès 1965 les expériences de Jürgenson, il le rencontra aussitôt, ce qui leur permit de confronter leurs expériences et de consolider leurs résultats[2].

Depuis lors, bien d'autres chercheurs tels Hans Otto König — aujourd'hui directeur d'une importante association de TCI — et le professeur Senkowski ont expérimenté et vérifié l'authenticité de la transcommunication. D'autres expérimentateurs, souvent des endeuillés, telle Hildegard Schäfer, ont créé de leur côté des associations d'études et de recherches et se consacrent à l'approfondissement de ce phénomène, si réconfortant pour les familles.

Sans oublier l'œuvre humaine admirable accomplie par Monique Simonet, première praticienne en France de ce mode de contact avec nos disparus[3].

---

1. Cf. *À l'écoute de l'au-delà*, *op. cit.*, p. 111.
2. Pour plus de précisions, cf. *Les morts nous parlent*, *op. cit.*, p. 22 et suiv.
3. Voir notamment : *Et l'ange leva le voile*, Éditions du Rocher, 1998.

Puis, dans la foulée de ces pionniers, diverses associations de contacts et échanges, citées au cours du présent témoignage, se sont créées en France, se dévouant à cette cause de la transcommunication instrumentale et de la survie.

### *Le changement d'attitude radical de l'Église catholique*

Face à ces réalités, l'Église catholique a changé de position en novembre 1996[1]. Une série d'articles dans une revue du groupe des publications de la Vie catholique[2] a confirmé ce phénomène.

Il n'aura pas échappé au lecteur que le premier des découvreurs fortuits de la transcommunication instrumentale se trouva être l'Église catholique elle-même par l'intermédiaire de l'un de ses savants physiciens, le père Agostino Gemelli, en septembre 1952. En raison de la multiplication des messages reçus par tous les amateurs sincères et chercheurs dans le monde entier depuis un certain nombre d'années maintenant, il aurait été inconcevable que l'Église gardât le silence. Surtout s'agissant d'une révélation dont l'importance est tout à fait considérable pour le présent et l'avenir du genre humain. Révélation qui de surcroît fait partie de l'objet même de la religion.

Jour après jour, année après année, le père Brune et moi-même attendions avec une impatience croissante la

1. Cf. *À l'écoute de l'au-delà, op. cit.*, p. 259 et suivantes.
2. *Actualité des Religions*, n° 10, novembre 1999, sous le titre « Communiquer avec nos disparus », p. 38 à 55.

réaction officielle de l'Église face à une réalité qui ne pouvait plus rester cachée.

A fortiori selon moi, depuis le premier ouvrage de François Brune publié sur ce sujet en 1988 (*Les morts nous parlent*), réédité avec nombre de compléments en 1993, traduit en de nombreuses langues et encore amplifié par les multiples conférences, émissions de télévision, radio, congrès, en France et à l'étranger, auxquels cet auteur polyglotte et voyageur infatigable se livre sans désemparer depuis onze ans maintenant.

Sans doute les Églises, l'Église catholique en particulier, sont-elles dans leur rôle de guide spirituel en montrant la plus grande réserve à l'égard de découvertes ou de phénomènes nouveaux vis-à-vis desquels un prudent recul s'impose avant de les intégrer ou de les contester. C'est nécessaire à la manifestation de la vérité telle que l'Église l'entend, ainsi qu'à la préparation des esprits. Peut-être faut-il ajouter à cela la crainte de la hiérarchie religieuse depuis l'explosion des sciences aux XIX^e^ et XX^e^ siècles, dont elle a subi le choc et que certains tentent encore d'utiliser contre elle. À tort certainement, car nos plus grands chercheurs scientifiques s'engagent aujourd'hui sur des chemins fantastiques où la logique traditionnelle et la physique classique ou post-classique n'ont plus rien à faire. D'ailleurs certains catholiques en viennent à reprocher à l'Église, dans sa crainte selon eux d'être accusée d'affabulations, de vider les Évangiles eux-mêmes de toute leur mystique [1].

Mais si la prise de position de l'Église catholique sur les phénomènes d'entrée en contact avec nos disparus

1. Cf. Marie-Christine Ceruti-Cendrier, *Les Évangiles sont des reportages*, Éditeur Pierre Téqui ; également François Brune, *Les miracles et autres prodiges*, Éditions Philippe Lebaud, p. 14 et suiv. ; encore Rémy Chauvin, *Le diable dans le bénitier*, Éditions du Rocher.

s'est un peu fait attendre, il faut saluer le tournant qu'elle vient de prendre. C'est d'autant plus important en raison des vives interdictions bibliques dans l'Ancien Testament, au sujet des communications avec les morts. L'Église catholique a manifestement fait la distinction entre la communication des endeuillés avec leurs disparus, qu'elle approuve, et l'entrée en contact plus générale de certains avec des morts, pratiquée depuis l'Antiquité, pour tenter de leur soutirer Dieu sait quelles prédictions sur l'avenir ou quels bénéfices mercantiles.

C'est en novembre 1996 que le révérend père Gino Concetti, théologien collaborateur régulier de l'*Osservatore Romano*, journal quasi officiel du Vatican, a fait, devant la grande agence de presse italienne ANSA, une déclaration sur le sujet aussitôt reprise par l'ensemble de la presse italienne. Il a d'abord admis que « Dieu permet à nos chers disparus qui vivent dans la dimension outre-terre, d'envoyer des messages pour nous guider à certains moments de notre vie ». Il a ajouté que, « à la suite des nouvelles découvertes dans le domaine de la psychologie sur le paranormal, l'Église a décidé aussi de ne plus interdire les expériences de dialogues avec les trépassés ». Ceci, bien entendu, à condition qu'elles soient faites « dans une intention d'amour ou dans des buts scientifiques ». Ce théologien, qui parle expressément au nom de l'Église, ne se réfère pas explicitement à la TCI mais celle-ci, qui fut certainement le motif et le moteur essentiel de ce changement, est indiscutablement comprise dans les expressions diverses employées par le père Concetti : « Les messages peuvent parvenir non seulement à travers les paroles et les sons mais aussi à travers différents signaux », « Les sensitifs auxquels on peut s'adresser — sensitifs ou médiums pouvant servir d'intermédiaire — doivent être des personnes qui développent leurs expériences, même à travers les techniques modernes ». Le père Concetti ajoute à cette dernière phrase : « en s'inspirant de la foi », condition tout à fait normale de la part de l'Église.

Ainsi que le souligne le père Brune dans son analyse de ce texte fondamental : « Le père Concetti rappelle ensuite les conseils de prudence indispensables (ceux que, d'expérience et de cœur, je n'ai cessé de recommander à mes lecteurs dans le déroulement chronologique de mon présent témoignage) : "Garder notre sens critique à l'égard des messages reçus, ne pas faire de ces messages une nouvelle drogue" [1]. »

Ce qui relève du bon sens et de la prudence élémentaires, qu'il s'agisse des effets psychologiques sur nos disparus ou nous-mêmes ou d'éventuels effets physiologiques négatifs sur des opérateurs devenus « accros ». En ce dernier cas, l'acharnement inconsidéré à enchaîner et multiplier jour après jour les prises de contact ne serait certainement pas le fait d'un endeuillé, forcément plus respectueux de l'être et de la vie du disparu aimé.

La seconde prise de position de l'Église catholique remonte à novembre 1999 et a été consacrée par la série d'articles publiée dans la revue du groupe des publications de la Vie catholique, intitulée *Actualité des Religions*. Cette fois, le rédacteur en chef de cette revue traite ouvertement de la TCI, rappelant son histoire contemporaine et citant des personnes et associations avec lesquelles il a pris contact au cours de son enquête. Après avoir résumé ce qu'est la TCI, il fournit le point de vue de représentants de diverses traditions religieuses sur ce sujet. Celui du catholicisme confirme de façon schématique mais ouvertement la position exprimée en Italie par

1. Pour en savoir plus sur les déclarations du père Concetti, cf. *À l'écoute de l'au-delà*, *op. cit.*, p. 259 et suiv.

le père Concetti en 1996 : « La mise en œuvre de moyens artificiels pour communiquer avec les morts n'est pas condamnée a priori. » C'est seulement la prudence qui est recommandée. Avec sagesse.

Ce n'est pas sans mûre réflexion que l'Église catholique donne ainsi aux siens l'autorisation d'entrer en contact avec leurs disparus. Le commentateur rappelle à ce propos que, si certains textes bibliques sembleraient condamner le fait d'interroger les esprits, d'autres textes figurant dans les Évangiles seraient plutôt favorables à la TCI [1]. Sur cette question de la communication avec les disparus, qu'il s'agisse des messages ou des images, il est manifeste que le Nouveau Testament a corrigé l'Ancien. Quoi qu'il en soit, il y a bien de la part de l'Église catholique un important « changement d'attitude et ce au plus haut niveau [2] ».

## *La position de la science*

Comme je l'ai souligné en plusieurs occasions, les scientifiques de haute réputation qui se sont exprimés sur la TCI l'ont fait à titre indépendant et non dans le cadre de leurs fonctions officielles. Pour la simple raison que la recherche officielle, celle financée par les États, ne veut pas savoir ce qui se passe post mortem. La survie, la nature et l'origine de la conscience, le devenir de l'Être après la mort clinique, cela n'interpelle ni n'intéresse les autorités en place. Il ferait beau voir qu'une

1. Notamment saint Paul, Première Épître aux Corinthiens, 12-10.
2. Cf. *À l'écoute de l'au-delà*, *op. cit.*, p. 259 et suiv.

fois mort, l'individu pose encore des interrogations ou des problèmes de conscience à la collectivité. Cela dure depuis des décennies, bien que quelques scientifiques de haut niveau aient établi depuis cinquante ans en ce domaine des études et conclusions très riches, qui n'ont pu être ignorées[1].

En tout cas il est certain que cette attitude est à l'origine de l'absence complète, jusqu'à ce jour, de recherches dans le domaine de la TCI par les chercheurs officiels. Alors que ce phénomène extraordinaire est depuis plus de dix ans l'objet dans le monde d'écrits, de conférences et d'émissions audio-télévisuelles de personnalités et de scientifiques indépendants et de grande réputation dont le sérieux n'est pas douteux. Leurs interventions répétées n'ont pu échapper à personne. D'ailleurs, ce sont souvent les mêmes qui, sous leur casquette officielle, travaillent habituellement sur des sujets différents.

Ces scientifiques sont nombreux, tels aujourd'hui le professeur allemand Senkowski, professeur en électronique à l'université de Mayence, directeur de publication de la revue allemande *Transcommunication* ; le professeur honoraire à la Sorbonne Rémy Chauvin, biologiste ; le professeur espagnol Argumosa ; le professeur espagnol Sinesio Darnell, biochimiste ; le professeur suisse Alex Schneider ; le professeur américain Uphoff ; le professeur américain George Meek, membre de l'académie des sciences de New York ; le professeur belge Jean Dierkens, professeur émérite aux UMH et ULB ; l'électronicien allemand Hans Otto König ; le père Leo Schmid, prêtre suisse ; le père Jean Martin, prêtre belge, professeur de séminaire, et tant d'autres.

1. Cf. Rémy Chauvin, *Le diable dans le bénitier*, *op. cit.*, p. 142 et suiv.

C'est le professeur Senkowski, l'un des tout premiers expérimentateurs, qui a imaginé le concept de « transcommunication », c'est-à-dire d'une communication à travers la bien fine frontière nous séparant de l'autre dimension. Comme le remarque Hildegard Schäfer[1], ce néologisme ne figure dans aucun dictionnaire mais on ne pouvait assurément trouver un meilleur vocable pour définir ce type de contact avec nos disparus. Quant au professeur George Meek et à Hans Otto König, ils ont inventé, chacun de son côté, un type de matériel extrêmement efficace mais complexe, l'un baptisé le « Spiricom », l'autre le « Générator ».

Les circonstances dans lesquelles Hans Otto König découvrit l'authenticité de la TCI sont aussi étonnantes qu'édifiantes[2] : « Comme de nombreux autres, il a eu un jour connaissance du phénomène des enregistrements de voix ; mais son esprit de scientifique rationaliste ne pouvait se faire à une explication paranormale. Prédestiné par sa spécialité à manipuler la technique, il pensait pouvoir démontrer l'invraisemblance des "voix" par des essais probants. Or les choses se passèrent très différemment. König obtint des enregistrements d'une qualité surprenante, entrant en contact avec sa mère décédée, avec des amis, des connaissances, tant et si bien qu'il dut finalement accepter la "thèse de l'au-delà." »

Le professeur Senkowski déclare au sujet de la transcommunication instrumentale : « La TCI révèle l'interaction de l'esprit avec des objets matériels (électroniques, mécaniques) et les possibilités d'influence d'êtres vivants dans l'au-delà sur ces objets[3]. »

1. *Théorie et pratique de la transcommunication, op. cit.*, p. 21.
2. Hildegard Schäfer, *op. cit.*, p. 111-112.
3. Le 23 septembre 2000, au congrès européen sur la TCI, en Belgique.

Comme il l'écrit d'autre part à propos des messages reçus en TCI : « Les messages personnels qui s'adressent à la famille, à des amis, sont des signes de reconnaissance. La plupart du temps, ces messages ne font pas problème. Il n'y a pratiquement aucun doute sur l'identité du correspondant ni sur le contenu du message. Ce ne sont, en général, que quelques mots, mais infiniment précieux pour les familiers[1] ».

C'est également la conclusion du professeur Rémy Chauvin : « Il semble certain qu'il existe un monde particulier où des pensées et des personnalités humaines ou semi-humaines se conservent sans support corporel... L'hypothèse de voix jaillies de l'au-delà me semble l'explication la plus simple, la plus logique, en l'état de nos connaissances scientifiques. Cette conclusion me semble tout à fait impérative lorsqu'il s'agit de messages courts, personnels, formés de communication courte, faisant allusion à un fait précis que seul peut connaître le récepteur ou seul connu du communicateur[2] ». Ce scientifique ajoutait d'ailleurs, lors d'un congrès en mars 1994 à Saint-Ouen[3] : « Le fait certain est que ce phénomène de TCI existe et que ceux qui le nient sont des gens qui ne connaissent pas le dossier. »

Plus récemment, lors d'un congrès à Paris en novembre 1999, il déclarait : « Il est vrai qu'il y a sur la terre des événements bizarres et inattendus, parmi lesquels la TCI n'est pas le moindre. Sur celle-ci, nous sommes beaucoup moins choqués que certains théologiens, c'est un vrai paradoxe. » Et il concluait : « Nous sommes

---

1. Avant-propos de l'ouvrage de Hildegard Schäfer, *op. cit.*
2. Texte publié dans *Actualité des religions*, nov. 1999, *op. cit.*
3. Congrès « De la vie à la survie » sur la transcommunication, organisé par M. Jean-Michel Grandsire, association « Parasciences », à Saint-Ouen, les 26 et 27 mars 1994.

devenus beaucoup plus modestes depuis que nous sommes plus savants. Les faits extraordinaires, il suffit d'ouvrir les yeux pour les constater. »

Mais beaucoup ne savent pas ou ne veulent pas les admettre, préférant se détourner des faits et de leur étude, en les évacuant d'un trop commode « c'est impossible ». Ainsi que le rappelle le professeur Moser, spécialiste autrichien des techniques et procédés de communication à l'université technique de Graz[1] : « L'histoire des sciences nous a montré que le développement du savoir sur "ce-qui-est", c'est-à-dire le monde, était toujours dirigé contre la simple perception des sens de l'Homme. »

De son côté, le professeur Yves Lignon a créé, à l'université du Mirail à Toulouse, un laboratoire de parapsychologie où il se livre à diverses expériences. S'exprimant avec une franchise et une honnêteté qui lui font honneur, il déclare sans ambages, à propos des divers sujets qu'il étudie : « J'ai inclus, dans ma liste, *La vie après la vie.* Certes, en bas de la liste, mais il y a dix ans, je m'y serais refusé[2]. »

Je suis tout à fait certain que, comme d'autres scientifiques éminents, prochainement éclairé par une expérience accrue, il fera remonter *La vie après la vie* beaucoup plus haut dans sa liste.

Le professeur Jean Dierkens déclare au sujet de la transcommunication instrumentale[3] : « Il faut accepter les faits, il faut accepter le phénomène de l'enregistre-

1. Déclaration au congrès international de Bâle de novembre 1989.

2. Déclaration reproduite dans la revue *Actualité des religions, op. cit.*

3. Le 23 septembre 2000, au congrès européen sur la TCI, en Belgique.

ment objectif de la voix du défunt lui-même, accepter qu'on est encore dans une période de découverte et de recherche, et cela ne doit pas nous troubler. » À propos des échecs rencontrés en TCI par certains opérateurs tels ces « matérialistes fermés qui se donnent l'apparence de sceptiques ouverts », il dit exactement avec humour : « Si l'on fait de la TCI par simple curiosité, voire dans un esprit négatif ou préconçu, très souvent les gens de l'autre côté ne vont pas se déranger. »

Si inédit et extraordinaire que soit le phénomène de la TCI, les physiciens se doivent évidemment d'en fournir une tentative d'explication. Ceci en attendant que des expérimentations et recherches officielles accomplies sur une plus grande échelle, avec des moyens importants et coordonnés, fassent encore avancer la connaissance. Sur cette élucidation, il me semble qu'une certaine unanimité est en train de s'établir entre les grands physiciens. Du moins quant au concept général. Et si l'on peut parler d'unanimité, puisque ces chercheurs qui travaillent chacun de leur côté n'ont généralement pas de contacts entre eux (à quoi s'ajouterait encore, bien souvent, la barrière de la langue).

D'après les déclarations ou écrits des uns et des autres, c'est la physique des quantas qui se trouverait à la base de l'hypothèse et des explications qu'ils fournissent. Ainsi, le professeur Moser : « La physique des quantas a changé l'image mécanique du monde. Elle crée une nouvelle image du monde qui rend admissible, sur une base logique et scientifique, des phénomènes jusqu'alors inexplicables. Cette nouvelle image va également à l'encontre de nos perceptions par les sens, de la façon la plus radicale. Il y a une influence de la matière par l'esprit humain et il existe une transcommunication entre les esprits, indépendante du lieu et du temps. De ceci, l'on ne peut plus douter aujourd'hui, même d'un point de vue scientifique. »

Nous commençons à entrevoir une petite lueur. Et n'oublions pas auparavant ce que l'ensemble des messages reproduits dans le présent témoignage nous a révélé d'essentiel. La conscience qui s'exprime représente l'Être tout entier. C'est bien l'Être complet de notre disparu qui a continué, avec toute sa personnalité, son intelligence, sa mémoire, son amour et même son humour, à se manifester à nous. Un grand physicien français, le professeur Costa de Beauregard [1], explique comment il en est venu à s'intéresser également au paranormal : « Dans ma jeunesse, j'ai constaté dans ma famille certains cas de télépathie ou de précognition, c'était clair comme le jour. On disait alors : c'est incompréhensible donc inexplicable. On dirait aujourd'hui : c'est irrationnel : mais cela est faux, ce n'est pas irrationnel du tout [2]. »

Il ajoute, suite à ses conclusions sur les conséquences de la non-séparabilité en mécanique quantique et sur la théorie de l'information à la lumière de la cybernétique, que « le cosmos n'est pas seulement le réel dur et solide que croient les réalistes naïfs, c'est l'envers d'une représentation, c'est en quelque sorte comme une tapisserie dont l'endroit est la face physique et la trame la face psychique ». Et il conclut : « Je suis tout à fait convaincu que nous avons largement dépassé le stade de soutenir que le réel c'est la chose solide des Romains, ce n'est pas cela du tout, notre réel c'est l'apparence du réel que nous en avons. »

---

1. Auteur de : *Le corps subtil du réel éclaté*, Éditions Aubin, 1995 ; *Le temps déployé : passé, futur, ailleurs*, Éditions du Rocher, 1988 ; *Le temps des physiciens, la notion de temps, le second principe de la science du temps*, Éditions Aubin, 1996.

2. Discours tenu lors du congrès sus-mentionné « La science face à l'après-vie » organisé par « Parasciences » fin novembre 1999.

Cette explication du réel nous entrouvre d'autres horizons, ceux des contours et de la nature de notre existence. Elle n'est pas le fruit d'une réflexion isolée, elle est partagée, sous des formulations différentes, par d'autres grands physiciens contemporains. Mais le professeur Moser applique cette conception à la conscience elle-même. Il distingue notre réalité terrestre de « la réalité énergétique de la conscience », qui se situe dans une autre dimension, précisant à ce propos : « La réalité biologique dans laquelle nous vivons est une pseudo-réalité puisque le nombre des dimensions dans la réalité énergétique de la conscience est supérieur à celui des dimensions que nous connaissons. Dans la réalité énergétique, il n'y a pas de temps et pas d'espace. Dans la réalité énergétique de la conscience, il n'y a pas de séparation sujet-objet puisque, l'espace n'existe pas. Et pas de séparation vie-mort puisque, le temps n'existant pas, et restant immobile, il ne peut exister pour une seule partie de nous, celle de la vie ou de la mort, une quelconque séparation [1]. »

Quelle révélation ! Le phénomène de la TCI — entre autres sans doute — reçoit maintenant sa merveilleuse explication, celle de la survie complète de l'existence-conscience de nos disparus : notre conscience est un tout formé de deux parties liées dont la plus importante — et pérenne — se situe dans l'autre dimension espace-temps. Notre conscience terrestre, celle qui s'exprime dans notre vie quotidienne, n'est qu'une projection incomplète de cette conscience dominante. Lors de notre apparent « décès », celui de notre corps physique, c'est-à-dire lors de notre passage dans l'autre espace-temps, notre pseudo-conscience terrestre se réunit à celle centrale en laquelle elle se fond.

Rémy Chauvin a bien raison de déclarer : « L'impossi-

1. Conférence au congrès de Bâle de 1989.

bilité de comprendre la TCI tient à des conceptions périmées, étroitement matérialistes et mécanistes, auxquelles les physiciens n'adhèrent plus du tout[1]. »

Quant au physicien Régis Dutheil, professeur de physique et de biophysique récemment disparu, il tentait depuis 1972 d'édifier une nouvelle théorie de la relativité. Celle-ci devait s'appliquer à des corps ou particules d'une vitesse supérieure à celle de la lumière. Il se consacrait en outre depuis 1983 à la recherche en physique fondamentale. Ses réflexions approfondies, menées sur la base de cette recherche et à la lumière des éléments dégagés par quelques grands chercheurs français et étrangers, l'ont amené à cette conclusion[2] : « La conscience ayant une action sur le réel et interagissant sur le milieu ambiant, il faut admettre qu'elle a une réalité matérielle. Mais elle est constituée d'une matière différente de celle que nous connaissons car tout démontre que ses propriétés spécifiques n'appartiennent pas à notre espace-temps. Il faut donc supposer qu'il existe une conscience totale ou un moi supérieur, de nature matérielle, mais autre que notre matière. Cette conscience aurait d'autres propriétés spatio-temporelles, et des interactions se produiraient à l'interface de cette conscience globale et du corps. Le résultat serait la manifestation dans des conditions ordinaires (dans notre vie courante) d'un fragment très faible de cette conscience globale » (n'appartenant pas à notre espace-temps).

On le voit, l'hypothèse et la conclusion présentées rejoignent, pour l'essentiel, celles des physiciens sus-évoqués. L'auteur rappelle les modèles physiques de

---

1. Discours prononcé au congrès « De la vie à la survie » (26 et 27 mars 1994) par l'association « Parasciences ».

2. Régis Dutheil et Brigitte Dutheil, *L'homme superlumineux, op. cit.*, Éditions Sand, janvier 1990.

conscience imaginés par divers astrophysiciens, physiciens ou mathématiciens, tels que Firsoff, Dobbs, Pribam, Feinberg[1]. Mais il souligne que « c'est Louis de Broglie qui, dès les années 1950, a imaginé, au contraire du dogme jusqu'alors posé par Einstein et admis par tous, que la vitesse d'une particule pourrait être supérieure à celle de la lumière ». En supposant, ainsi que Feinberg en a l'idée, qu'il existe, de l'autre côté de notre mur de la lumière, des particules qui vont toujours plus vite que celle-ci, mais jamais moins vite, on se trouve en présence de deux univers distincts. Régis Dutheil les qualifie ainsi : « Celui des particules sous-lumineuses, c'est-à-dire le nôtre, et celui des particules superlumineuses, c'est-à-dire le second univers qui n'est pas perceptible actuellement par nos sens. Et si l'existence de particules superlumineuses était prouvée expérimentalement, il ressortirait des calculs "qu'on devrait alors observer des phénomènes d'inversion temporelle, c'est-à-dire un événement avant sa cause". »

Or, à une époque récente, le physicien français Aspect. travaillant à l'université d'Orsay, a fait expérimentalement ressortir que « des photons distants de quinze mètres, se propageant dans deux directions opposées, se communiquaient instantanément leur position grâce à une information voyageant à une vitesse super-lumineuse. Il est ainsi montré que la mécanique quantique avait raison contre Einstein[2] ». Du même coup, les réponse et solution au célèbre paradoxe EPR d'Einstein sont ainsi fournies.

Régis Dutheil souligne que, de cette cohésion maintenue entre photons se dispersant à une vitesse supérieure

1. Sur l'évolution de la recherche sur la conscience, cf. également Patrice Van Eersel, *La source noire*, *op. cit.*

2. Régis Dutheil, *op. cit.*

à celle de la lumière, « des physiciens déduisent la non-séparabilité, c'est-à-dire que la séparation spatiale n'existerait pas et serait une construction de notre cerveau ». Il ajoute : « Dans l'univers superlumineux, quand on atteint une vitesse infinie, le temps vécu par un objet ou un être ne s'écoule plus. Il y aurait pour un être vivant dans l'univers superlumineux une instantanéité complète de tous les événements constituant sa vie, les notions du passé, présent, futur disparaîtraient. »

Costa de Beauregard révèle de son côté en 1995 que « la non-séparabilité physique est démontrée en laboratoire [1] ». Il précise d'autre part : « L'expérience d'Aspect de 1982 met en aveuglante évidence la rétrocausation [2]. »

Dès lors, les principes fantastiques imaginés par les physiciens et mathématiciens modernes se trouvent singulièrement confortés. Les déclarations sus-évoquées de Senkowski, Costa de Beauregard, Moser, Dutheil et tant d'autres prennent toute leur dimension, cosmique et concrète. Les notions de double univers, d'univers superlumineux, de deux espaces-temps totalement différents mais cependant associés, de conscience totale extérieure régnant dans l'autre espace-temps mais liée à notre conscience limitée, etc., nous apparaissent maintenant évidentes.

Cela à la lumière de la découverte des propriétés de particules distantes qui se dispersent à une vitesse supérieure à celle de la lumière et des calculs de la mécanique quantique révélant la confusion passé-présent-avenir, la non-séparabilité spatiale, l'inversion temporelle, etc.

De nombreux phénomènes jusqu'alors dits « paranormaux » trouvent maintenant leur justification. Ainsi que

1. *Le corps subtil du réel éclaté, op. cit.*
2. *Ibid.*

l'écrit Costa de Beauregard[1] : « Les preuves expérimentales répétables de phénomènes de télépathie, prémonition, psychokinèsie, sont maintenant produites en laboratoire. » Tous ces phénomènes inexpliqués trouvent leur solution, et en premier lieu la TCI qui agit à la frontière des deux univers, là où, comme le dit Costa de Beauregard, « la trame de la tapisserie s'insère dans la partie visible du tapis ».

La conscience totale permanente de nos disparus, dont Edison espérait déjà la survivance[2] (d'où sa construction entreprise d'un appareil destiné à les capter), était bien à l'affût de notre monde et de ses progrès techniques. Cette communication entre la conscience pérenne de nos disparus et la nôtre, impossible à établir hier encore (sauf par médiums exceptionnels) en raison de l'insuffisance de nos moyens techniques, est devenue aujourd'hui une réalité merveilleuse. Ceci par les procédés et appareils que j'ai exposés et expliqués précédemment. La vision prophétique d'Edison et de Marconi est aujourd'hui consacrée avec éclat.

Est-ce à dire qu'ils étaient seuls à avoir prédit ce contact ou affirmé la survie de nos disparus ? Aucunement, les sciences et la littérature passées ou proches regorgent de textes et déclarations confirmant cette vision des plus subtils de nos anciens.

Nos scientifiques d'aujourd'hui, sans rien retirer aux mérites de leur intuition et de leurs réflexions, sont les successeurs des grands esprits pour qui les phénomènes de survie étaient chose démontrée ou acquise. Sans entrer dans le détail, qu'il suffise de rappeler Pythagore,

1. *Le corps subtil du réel éclaté, op. cit.*
2. Cf. revue *Parasciences*, n° 2, 1990.

Euclide, mathématiciens légendaires, Aristote qui a porté la méthode expérimentale sur ses fonts baptismaux ; plus près de nous Léonard de Vinci, peintre, architecte, ingénieur et théoricien ; Leibniz, philosophe, physicien et mathématicien ; plus près encore, Flammarion, astronome et écrivain ; Albert de Rochas, directeur de l'École polytechnique, parmi d'autres.

Tout près de nous, Teilhard de Chardin, paléontologue, prêtre et écrivain, membre de l'Institut, qui a fait de nombreuses fouilles dans le monde et découvert avec l'abbé Breuil les capacités du Sinanthrope. Il a écrit : « Le rebondissement de l'évolution est amorcé. La conscience, fleurie sur la complexité, échappe, d'une manière ou d'une autre, à la décomposition dont rien ne saurait préserver la tige corporelle et planétaire qui la porte [1]. »

Ce sont encore les grands astronomes et physiciens James Jean et Arthur Stanley Eddington qui ont écrit : « L'Univers ressemble plus à une grande pensée qu'à une grande machine [2]. »

Ce sont enfin le grand savant et atomiste Robert Oppenheimer, physicien, et Werner von Braun, ancien directeur de la Nasa. Oppenheimer déclarait naguère : « Le monde défini par les sens est simplement un monde d'apparences [3]. » Costa de Beauregard a d'ailleurs travaillé avec lui. Quant à Werner von Braun, il déclarait tout simplement : « Pour ma part, je le crois, rien ne disparaît sans laisser de trace et tout ce que la science m'a appris et continue de m'apprendre confirme ma croyance en la continuité de notre existence spirituelle après la mort. »

Mais d'autres grands penseurs avaient eux aussi tracé

---

1. Teilhard de Chardin, *Rebondissement humain de l'évolution et ses conséquences* ; voir ses œuvres aux Éditions du Seuil.
2. In Jean Prieur, *La nuit devient lumière, op. cit.*
3. In Isola Pisani, *Preuves de la survie*, Éditions Robert Laffont.

la voie. Depuis l'origine des temps jusqu'à nos jours, d'illustres grands penseurs, philosophes ou écrivains, ont eu cette intuition remarquable de la survivance immédiate de notre âme. Ils ont été eux aussi les ferments de la lente évolution qui nous permet aujourd'hui de prouver la réconfortante survie de nos disparus, en entrant en contact avec eux.

Le plus ancien — après Pindare — et plus illustre de ces grands inspirés fut Socrate. Platon, son disciple et ami, a présenté les certitudes et démonstrations de son maître dans des textes éblouissants, où il le fait parler. Le plus complet est sans doute le *Phédon*, dans lequel Socrate, quelques instants avant son exécution, discute avec ses amis de la survie et des raisons la justifiant. Platon lui-même, acquis au principe de l'immortalité de l'âme, l'exprima sous de nombreuses formes et notamment dans un récit anecdotique, qui est aujourd'hui rattrapé par l'expérience vécue de personnes laissées pour mortes et miraculeusement revenues à la vie. Je reviens plus loin sur cette question.

Plus près de nous, ce fut l'immense Victor Hugo, profond spiritualiste qui croyait en la survie de l'âme et l'a exprimé dans de multiples écrits, en vers ou en prose. Sa certitude ne saurait être mieux résumée que par ces quelques mots : « Tout est plein d'âmes[1]. » Ce furent encore Spinoza, puis, tout près de nous, les grands penseurs Henri Bergson[2] et Gabriel Marcel[3].

Henri Bergson a écrit : « Toutes nos analyses nous

1. Victor Hugo, *Les Châtiments*, « Ce que dit la bouche d'Ombre ».

2. Henri Bergson, professeur au Collège de France, membre de l'Académie française puis prix Nobel, auteur de *L'Évolution créatrice*, *L'Énergie spirituelle*, *La pensée et le mouvant*, etc.

3. Gabriel Marcel, philosophe français, membre de l'Institut, auteur de *Être et Avoir*, *Le Mystère de l'Être*, etc.

montrent dans la vie un effort pour remonter la pente que la matière descend. Par là elles nous laissent entrevoir la possibilité, la nécessité même, d'un processus inverse de la matérialité (la spiritualité), créateur de la matière par sa seule interruption[1]. » Il affirme par ailleurs : « La conscience est distincte de l'organisme qu'elle anime, bien qu'elle en subisse certaines vicissitudes. » On ne peut manquer d'être frappé par la similitude des réflexions et conclusions de Bergson le philosophe avec celles de Teilhard de Chardin le paléontologue, au sujet de la scission entre matière et conscience ainsi que du développement progressif de cette dernière aux dépens de la matière.

Le philosophe Gabriel Marcel avait également eu l'intuition de cette prééminence de la conscience lorsqu'il écrivait : « Il doit y avoir une réalité proprement psychique du corps, faute de quoi la vie serait inconcevable ; le corps doit pouvoir être appréhendé en tant que psychique[2]. » Je pourrais en citer bien d'autres, dans le passé ou à l'époque contemporaine, mais ce n'est pas l'objet de cet ouvrage qui est d'abord un témoignage concret et vécu de la survie de nos disparus.

Les évocations condensées auxquelles je me suis livré, celles du point de vue et de la réaction de l'Église, des écrits et déclarations des scientifiques sur la TCI, du concept central des scientifiques fondant la survie de la conscience, enfin des intuitions des philosophes qui les rejoignent, répondent d'abord à une nécessité intellectuelle et histori-

1. Henri Bergson, *L'Évolution créatrice*, Éditions Quadrige, Presses Universitaires de France.

2. Gabriel Marcel, *Journal métaphysique*, 13 mars 1919, cité par Jean Prieur, *Les témoins de l'invisible*, Éditions Sorlot et Lanore.

que. Il s'avère que ces réflexions, y inclus celles de nos physiciens et mathématiciens les plus avancés, confirment soit explicitement (par les expériences et écrits de tous ceux ayant participé à des expériences de TCI), soit implicitement mais sûrement (par la démonstration de l'autonomie et de la pérennité de la conscience globale), la réalité fantastique de ce que j'ai découvert empiriquement par la TCI : la survie immédiate de l'être humain, la survie magnifique et incontournable de nos disparus.

Et comme un bonheur souvent n'est pas isolé — tout comme l'infortune, quelquefois —, cette prodigieuse entrée en contact avec nos disparus nous révèle en même temps, implicitement dans la continuité de leur existence mais aussi par leurs propres déclarations, le proche accomplissement de nos retrouvailles complètes avec eux. Du moins au moment — ne dépendant pas de nous mais de notre seule destinée, soulignent-ils — où nous passerons à notre tour la mince frontière invisible séparant — si imparfaitement désormais — nos deux espaces-temps.

La découverte radieuse de la survie de nos aimés, pour la première fois mise au jour de façon manifeste et concrète, c'est la TCI qui nous l'apporte. Sa preuve incontestable réside dans nos cassettes d'enregistrement, matériel essentiellement neutre donc objectif. Aucun don, aucune faculté paranormale, aucune méthode n'avaient pu jusqu'à présent nous asséner une telle certitude.

Devrait-on pour autant mépriser et rejeter tous les signes, révélations et pseudo-coïncidences, qui, depuis le fond des temps, interpellent l'humanité et ancraient en elle l'intuition de la survie de l'Être ? Non, bien sûr. Ces éventuels modes d'expression de la survie n'entrent pas dans mon témoignage, à l'exception de certains signes ou messages forts traités au début de cet ouvrage. Une part importante d'entre eux se révèlent en pleine concordance avec la TCI.

# VIII

# Les phénomènes anciens ou récents en concordance avec la TCI

La TCI est à l'heure actuelle la seule technique permettant d'obtenir des preuves objectives de la survie de nos disparus. C'est là son atout primordial, sa force inégalable, sa valeur probatoire décisive. Sans compter que, lorsqu'on identifie les intonations, les expressions, la voix du disparu, cette réalité vivante submerge tout. Et ces critères ne sont pas minces puisqu'ils permettent souvent aux endeuillés les plus gravement meurtris de retrouver sérénité et espoir. Parfois même une certaine joie intérieure fondée sur les retrouvailles attendues. Et souvent une vision complètement renouvelée de la vie. Mais il serait inacceptable de sous-estimer les signes et événements qui accompagnent ou annoncent simultanément la survie. Nous les avons captés, perceptiblement ou de façon éclatante. Ils ne peuvent être ignorés.

## *Signes, indices et stigmates*

Comme je l'ai remarqué à propos de ceux que nous avons reçus, les signes ou indices, sous quelque forme que ce soit, ne peuvent présenter le même degré de certitude que les messages recueillis en TCI. La subjectivité peut y interférer, plus ou moins selon la personnalité de chacun. La nature et la forme des signes ont leur importance mais ce sont surtout les circonstances de leur manifestation ou leur rapprochement avec d'autres faits qui les crédibilisent le mieux. Pour notre part, mon épouse et moi en avons connu plusieurs types, dont trois d'importance ont été analysés au début du présent témoignage. La force qu'ils ont acquise à nos yeux tient bien sûr à leur caractère spécifique mais plus encore aux événements qui les ont fait surgir ou accompagnés.

Ainsi, pour l'apparition de Pascal sur le mur et la vitrine au lendemain des obsèques à Paris, ce signe puissant que d'aucuns ne manqueraient pas d'attribuer à une fantasmagorie liée à la grande douleur du moment trouve ailleurs sa complète justification. Le bien-fondé de l'apparition réside déjà dans le double message que Pascal, en raison de la soudaineté des faits, voulait nous transmettre. C'était d'abord la proclamation de sa survie, validant cette hypothèse déjà évoquée entre nous avant sa disparition, qu'il savait piquer ma soif de comprendre. Le second objectif de cette apparition, eu égard à la nature hélas inhabituelle de l'événement, était tout aussi important pour nous à ses yeux, sinon plus. Et, troisième justification, éclatante cette fois, de l'authenticité de son apparition, c'était la découverte que je devais faire trois semaines plus tard, dans une édition du 10 juin dont je n'avais pas eu connaissance, de la photo et pose inédites (pour moi en tout cas) de la « vision » que j'avais eue chez moi ce 11 juin. Ce sont alors la forme et les circonstances de l'identification de l'apparition qui plaident pour son authenticité.

Chacun peut épiloguer sur ce « signe » contenant tant de messages expliqués et confirmés. Pour ma part, la logique de ces messages distincts, leur addition et l'origine dévoilée a posteriori de l'image qui les portait ne laissent aucune place au doute.

L'autre signe évoqué plus haut, celui des roses anormalement durables et odorantes — il s'agit là d'un fait incontestable, objectivement vérifié à de nombreuses reprises par mon épouse, moi-même et des amis —, est déjà en soi un phénomène inédit. On ne saurait le mettre sur le compte du hasard, qui, en dépit même des plus infinitésimales probabilités, n'aurait pas le pouvoir de conférer à des roses, et à plusieurs reprises, des caractéristiques hors de leur nature constante.

Il faut donc bien, à nouveau, se rendre à l'évidence. Mais à cela s'ajoutent encore d'autres faits venant renforcer ces étonnants constats. Ainsi le lecteur a-t-il observé, à l'occasion d'une étonnante vision d'une médium, que Pascal, peu avant son passage dans l'autre dimension avait, offert une rose à son épouse. Mieux encore, son amour des roses, qu'il savait bien connu de nous et pour cause, se manifestait chez lui mais aussi lorsqu'il nous rendait visite à Asnières, dans la maison de son enfance, où il s'empressait de tailler les roses-thé de notre jardin. Image qu'il avait en outre transmise exactement à la médium. Alors, ces roses inexplicablement — je serais tenté d'écrire : impossiblement — durables dans leur vie et leur parfum, message de Pascal ou pas ? En raison du caractère « logiquement » inacceptable du fait répété, et de l'amour particulier que Pascal portait aux roses, notre certitude de l'intervention de Pascal dans ce merveilleux phénomène, l'évidence de son message d'amour et de souvenir s'imposent.

Quant à la formation du visage de Pascal, un an après le terrible événement, sur la photographie où son jeune enfant se trouve dans les bras de sa mamie, la trace en est, cette fois, indélébile. C'est un vrai stigmate que Pascal nous a laissé pour témoigner de son amour persistant, toujours vivace, à son enfant et à nous-mêmes. Nous, notre belle-fille, nos amis proches, n'avons jamais eu, hier ou aujourd'hui, le moindre doute sur cette apparition, celle-là gravée dans un film. Si l'on veut chercher des indices validant le choix par Pascal de ce lieu et de ce moment plutôt que d'autres, ils sont certes banals quoique essentiels : l'époque (les vacances), le jour (le seul où ont été faites deux photos de Matthieu dans les bras de sa mamie), l'ambiance aimante (la mamie câlinant son petit-fils), etc. Mais deux autres indices plus inattendus et révélateurs soulignent la volonté de Pascal dans sa matérialisation et la composition de son apparition : sur cette photo, son visage tout contre celui de Matthieu, du côté où celui-ci penche la tête, ce qui permet à Pascal d'apparaître dans le seul feuillage existant à cet endroit, alors que sur l'autre photo prise, où Matthieu a penché la tête de l'autre côté, aucune matérialisation n'a lieu.

Le point commun fondamental de tous ces signes ou stigmates — apparition, parfum ou autres événements —, c'est qu'il s'agit évidemment et essentiellement, comme en TCI, de messages. C'est, chaque fois, une manifestation très claire, voire explicative, de la présence et au besoin de l'intervention de nos disparus. J'en donne pour exemple un dernier cas, aussi étonnant qu'humoristique.

Au mois de juillet 1995, nous avions accueilli Matthieu durant trois semaines dans notre pied-à-terre du Calvados. À l'issue de ce séjour, Matthieu, comme chaque année, était reparti avec les siens dans son domicile du Sud-Ouest, sans doute après une ou deux haltes chez des amis ou relations. En août, j'avais retrouvé mes responsabilités professionnelles tandis que Matthieu, début septembre, avait repris ses activités scolaires. À la mi-octobre, nous n'avions pas encore revu notre Matthieu, mais nous avions eu, entre-temps, avec lui plusieurs entretiens téléphoniques affectueux, si indispensables à des grands-parents. Peut-être avons-nous évoqué brièvement certains faits vécus en commun durant cette période de juillet, mais rien de plus. Les nouvelles activités de chacun avaient déjà refoulé les vacances dans les limbes du souvenir.

Le 17 octobre 1995, dans l'après-midi, mon épouse se trouve chez sa pédicure M^me^ L. à Courbevoie. Au cours de cette séance, la radio diffuse en sourdine un air classique. Ma femme entend soudain, dominant les sons entendus, un prénom prononcé fortement et à deux reprises par une voix masculine : « Jean-Luc... Jean-Luc. » Elle fait aussitôt observer avec étonnement cette bizarrerie radiophonique à la pédicure qui déclare n'avoir rien entendu de semblable. S'ensuivent quelques échanges où ma femme proteste et persévère tandis que la pédicure, de façon amusée mais teintée d'une légère ironie, dit : « Vous avez dû entendre des voix. » M^me^ L., concentrée sur son travail et quotidiennement accoutumée à son fond musical auquel elle n'apporte plus la même attention que ses visiteurs, n'a sans doute pas capté les mots entendus par Éliane. C'est du moins la conviction de mon épouse. Cette amusante contestation en reste là.

L'incident m'est raconté le soir même. Je sais que mon épouse a toutes ses facultés, de plus elle a toujours montré un tempérament calme et réservé. Compte tenu de cela, ainsi que des extraordinaires messages de TCI reçus depuis six ans, auxquels se sont ajoutées d'autres manifestations éloquentes, je reste interrogatif et perplexe. D'autant que nous ne connaissons aucun Jean-Luc, ni proche ni éloigné. Aucun de nos parents, amis, relations amicales ou autres ni aucun membre de leurs familles ne porte à notre connaissance ce prénom.

Quatre jours plus tard, le 21 octobre, nous recevons une charmante lettre de notre petit-fils Matthieu datée du 20, où il nous fait part incidemment de ce qu'« un des copains de mon papa, Jean-Luc, nous a fait visiter un Jaguar (le même que celui du papa) à Saint-Dizier ». C'est le choc et l'illumination. En apprenant ainsi que Matthieu, lors de son retour du Calvados, avait fait une visite avec sa maman à la base de Saint-Dizier, où ils ont retrouvé un « Jean-Luc » ancien camarade de Pascal, le message précédemment reçu par Éliane prend tout son sens.

Le triple mystère de cette déclaration inexplicable et incongrue est, d'un seul coup, pleinement élucidé : l'annonce entendue par mon épouse, le prénom inconnu enfin identifié, la date choisie pour cette communication, trois jours avant que Matthieu nous envoie sa lettre, chaque élément du puzzle prend son sens et sa place. C'est cette fois le haut-parleur de la radio qui a transmis par voie directe le message spontané de Pascal à sa mère. Il est patent que celui-ci, sachant dès ce 17 octobre (ou auparavant) que Matthieu allait nous révéler trois jours plus tard ce fait ancien et émouvant, l'avait annoncé à ce moment à sa mère par ce message-clin d'œil. Pascal ne pouvait mieux nous rappeler, une nouvelle fois, avec son humour habituel, sa présence et son amour liés à l'existence de son fils Matthieu.

Également, comme d'autres messages de TCI ou non l'avaient déjà montré, la faculté de clairvoyance de Pascal est éclatante, du moins à échéance proche. Peut-être aussi la faculté d'agir sur l'événement, en provoquant chez Matthieu cette envie soudaine de nous dévoiler ce fait qui l'avait marqué ? L'hypothèse est sans doute audacieuse, elle n'est pas inconcevable. En tout cas, si la faculté d'agir sur des événements même mineurs n'appartient pas à nos disparus, leur clairvoyance, au moins à court terme, n'est pas niable. Télépathie, précognitions, on retrouve ici les mêmes manifestations que dans les messages de TCI.

Des signes si révélateurs ne sont pas exceptionnels. À l'écoute des personnes ayant subi un deuil cruel, je me suis rendu compte que beaucoup ont reçu un ou plusieurs signes réellement signifiants. Bien souvent, elles n'avaient pas osé en parler, y compris parfois à leurs proches. Après avoir traité des aspects précieux et salutaires de la TCI, mais aussi d'autres manifestations plus subtiles, le père Martin déclarait tout récemment[1] : « Les signes, je l'ai observé, fleurissent dans toutes les vies, il faut seulement apprendre à les discerner et parfois à les décoder. »

De manière générale, tous ces phénomènes merveilleux et éclairants témoignent à l'évidence d'une communication entre deux espaces-temps différents, quoique imbriqués. Merci à l'intuition géniale — et aux calculs — de la physique avancée.

### *Clairvoyance*

Seuls importent ici les flashes de voyance en rapport avec la survie de Pascal. C'est de notre expérience que j'ai entendu témoigner, pour montrer comment la TCI est venue couronner et valider en somme les autres manifestations. Ces marques, moins indélébiles que la

1. Le 23 septembre 2000, au congrès européen sur la TCI, en Belgique.

TCI, étaient cependant de même nature, de même origine et tendaient à la même fin : sauver notre vie en perpétuant nos liens d'amour.

Ce fut le cas de la révélation de l'offrande d'une rose à notre belle-fille, fait que nous ignorions et qui comme par hasard porte sur la fleur préférée de Pascal. Celle qu'il aimait tant à tailler sous nos yeux, comme il nous le rappelle peu après dans un autre flash de la médium. Cette rose encore dont, le signe reçu par nous rejoignant la voyance de la médium, il prolonge pour nous la durée et les effluves, de façon inconcevable.

C'est le cas encore du flash du chien noir arrosé, scène banale mais typique du vécu de Pascal parmi nous et de l'affection particulière qu'il portait à son chien. Laquelle, toujours comme par hasard, venait de nous être rappelée avec quelle puissance par la découverte de la photo de cet animal dans son portefeuille.

Que dire encore de son évocation de « la lumière » en haut d'un escalier qu'il monte et déclare se trouver dans notre seconde résidence, tout à fait incompréhensible et éclaircie deux mois plus tard par la découverte en ce lieu éloigné de l'ancienne affichette portant de sa main ces mots : « La lumière ! » Nouveau message d'amour et précognition patente de l'illumination que nous allions recevoir de plein fouet. Au moment où nous désespérions de jamais pouvoir déchiffrer une telle énigme.

Autre message remarquable et nouvelle précognition de la découverte que nous allions en faire, celui d'un « plan d'oiseaux exotiques où l'on voit un paon très grand ». L'annonce d'une scène que nous ne pouvions imaginer, l'étrangeté de l'image qu'elle projetait, l'accomplissement futur de cette scène (que nous pensions appartenir au passé), le message d'affection et d'identification est renversant. Et le choix par Pascal de ce sujet et de cet événement futur plutôt qu'un autre, qui s'avère très réfléchi en raison de son attachement ancien à la tapisserie.

Tous ces tableaux et propos reçus en voyance, d'abord en eux-mêmes mais rapprochés du vécu antérieur évoqué ou du vécu futur annoncé, ne peuvent laisser place au doute. La qualité et la clarté de leurs messages sont équivalents à ceux reçus en TCI. Simplement, ils sont un peu plus brefs et ne laissent pas d'autre trace que les notes prises. Mais si précieux et si réconfortants pour nous, avant que la TCI ne nous transporte complètement dans l'autre espace de vie. Et dans les retrouvailles complètes de l'être aimé.

### *Expériences aux frontières de la mort*

J'évoque pour mémoire ces phénomènes étonnants de NDE (Near Death Experiences) ou EFM (Expériences aux frontières de la mort) que le docteur Moody a révélés en 1977 au public français[1]. Ses expériences et ses conclusions retentissantes quant à l'expression de la survie de l'âme après ce qu'on appelle improprement la mort ont été présentées durant les mêmes années par d'autres chercheurs éminents. Ainsi en a-t-il été du docteur Elisabeth Kübler-Ross, médecin américain qui, à l'appui de moult observations et enquêtes en hôpital durant vingt ans, a fait de nombreuses conférences et écrit des ouvrages majeurs sur le sujet[2].

1. Raymond Moody, *La vie après la vie, op. cit.*.
2. Elisabeth Kübler-Ross, *La mort et l'enfant*, Éditions du Tricorne ; *La mort est un nouveau soleil, op. cit.*

Je connais personnellement deux amis qui, au cours d'une hospitalisation très sérieuse, ont vécu le même type de phénomène. S'ils n'avaient pas lu les ouvrages de Moody, Kübler-Ross et quelques autres et si je ne leur avais pas apporté les révélations concrètes de la TCI, sans doute n'auraient-ils jamais osé parler de ce qu'ils avaient vu, entendu et ressenti.

Ces expériences de personnes aux portes de la mort ou tenues pour mortes, puis revenues à la vie, ont à mes yeux un intérêt majeur dans la mesure où leur vécu recoupe sur de nombreux points celui exprimé par nos disparus en TCI. Quels sont-ils ?

Le premier qui caractérise, dès l'origine, tous les messages de TCI que nous avons recueillis, et qui se retrouve dans la quasi-totalité des récits de NDE, est un sentiment profond de sérénité et de paix. Aussi un sentiment proche, le bonheur, dont toutes les déclarations enjouées et remplies d'amour de Pascal attestent[1].

Le second point commun concerne cette perception prodigieuse dont a encore témoigné Pascal dès l'origine, répondant qu'il baigne « dans la lumière ». Dans leurs récits, les rescapés de la mort affirment avoir ressenti qu'il s'agit d'un être, un « être de lumière ». Pascal ne l'a pas déclaré expressément, mais sa réponse ayant été faite à la question « Maintenant, êtes-vous auprès de Dieu ? », la propriété divine de la lumière qu'il évoque et qui l'enveloppe ne peut faire de doute. Nous ne sommes jamais revenus sur ce sujet avec Pascal, tant nous étions rassurés par la beauté et la clarté de sa déclaration.

Le troisième point commun est la prise de contact avec d'autres personnes se trouvant dans la même

1. Cf. ses premières déclarations « Je suis heureux », « Je suis bien vivant », etc., p. 49 et suiv.

dimension. Cet élément ne se présente pas dans toutes les expériences vécues par des rescapés de NDE, mais toutefois dans un nombre important d'entre elles. D'où le chapitre que Raymond Moody y consacre et qu'il traite de nouveau dans son second ouvrage[1]. Quant à Pascal, ses messages reçus en TCI attestent abondamment des contacts qu'il a noués avec nombre de personnes dans l'autre dimension : qu'il s'agisse des siens ou d'autres disparus que nous lui demandions d'aider à se manifester.

Un autre constat commun à la TCI et aux NDE est la mémoire complète, d'une instantanéité et d'une capacité hallucinantes, de ceux qui sont sortis de notre espace-temps. Le lecteur a observé à propos de nombreux messages que Pascal a conservé de sa vie passée des souvenirs et des expressions d'une exactitude surprenante. De même, tout aussi confondants, les souvenirs exprimés à trois reprises par son grand-père maternel qu'il n'avait pas connu, le père d'Éliane disparu il y a soixante ans, répondant à sa fille. À tel point qu'à plusieurs reprises nous restâmes éberlués avant d'admettre la fantastique résurgence d'appellations qui ne nous seraient sans doute jamais revenues spontanément à l'esprit. Ou de souvenirs si anciens, intimes et ténus, que nous ne nous serions jamais avisés nous-mêmes de les ressusciter. La vision de toute leur vie passée, de façon quasi instantanée, chez les rescapés de la mort, est qualifiée par Raymond Moody de « panorama de la vie ». Il s'agit assurément, comme chez nos disparus s'exprimant par la TCI, de manifestations de cette conscience globale propre à l'autre espace-temps qui recouvre au même instant le présent, le passé et le futur (au moins en partie, selon notre expérience).

---

1. Raymond Moody, *Nouvelles lumières sur la vie après la vie*, *op. cit.*

La comparaison entre les messages de TCI de nos disparus et les récits des rescapés de la mort met ainsi en lumière l'identité des phénomènes essentiels extériorisés par les uns et racontés par les autres. Il est clair que tous ces faits, toutes ces aptitudes et tous ces phénomènes appartiennent au même espace-temps, à cette même dimension si vivante. Probablement plus que la nôtre, si l'on observe l'éventail de leurs capacités, ainsi que nos physiciens avancés l'ont énoncé. La seule différence, bien secondaire, étant le caractère permanent — ou extrêmement long — du séjour de nos disparus dans cet autre espace-temps, alors que celui des rescapés de la mort n'aura été que provisoire.

À propos des manifestations de NDE et de leurs critères essentiels communs avec la TCI, je dois évoquer une histoire ancestrale qui me paraît fort édifiante. Quand le premier ouvrage de Raymond Moody parut en 1977, je fus fasciné par l'identité sur divers aspects des expériences qu'il analysait et des faits vécus il y a deux mille cinq cents ans ou plus par un soldat dont nous parle Platon[1]. Ces coïncidences furent, notamment, le prétexte à mes quelques entretiens passionnés de l'époque avec Pascal sur la survie. Cette histoire, Socrate la qualifie lui-même de mythe puisque le personnage d'Er remonte bien loin dans l'Antiquité. Mais lorsqu'on rapproche ce récit archaïque, tel que rédigé par Platon, des faits vécus par les rescapés de NDE, on est frappé par leur ressemblance. On peut même se demander — ainsi que je le faisais à ce moment — si le mythe d'Er n'a pas été tout simplement établi à partir de faits réels déjà vécus par certains en ces temps archaïques. Aujour-

1. L'histoire du soldat Er contée par Socrate dans l'œuvre de Platon *La République*, livre 10, cf. Éditions G. F. Flammarion.

d'hui, à la lumière des révélations de la TCI, je ne m'interroge plus, je suis prêt à l'affirmer.

Jugeons-en. Dix jours après la bataille, les corps des soldats tués, dont celui du soldat Er, sont ramassés. Er est porté chez lui pour être enseveli, mais deux jours plus tard, alors qu'il était étendu sur le bûcher, « il revient à la vie ». Il « reprend ses sens » et « raconte ce qu'il a vu là-bas ». Dès qu'il avait été foudroyé, « son âme était sortie de son corps ». Elle n'était pas seule car elle « avait cheminé avec beaucoup d'autres ». C'est alors que ces âmes, « étant arrivées dans un lieu divin », se présentent devant des juges. En s'adressant à Er, ces juges « lui disent qu'il devait être pour les hommes le messager de l'au-delà, lui recommandant d'écouter et d'observer tout ce qui se passerait en ce lieu ». Er contemple alors des groupes d'âmes qui montent ou descendent par des « ouvertures » devant les mener dans d'autres sphères de l'au-delà. Après un repos de sept jours dans la prairie, les âmes se remettaient en route pour arriver peu après « en un lieu où l'on découvre, s'étendant depuis le haut à travers tout le ciel et toute la terre, une lumière droite comme une colonne, fort semblable à l'arc-en-ciel mais plus brillante et plus pure ».

N'est-il pas frappant que d'importantes caractéristiques communes relevées entre la TCI et les NDE se retrouvent dans ce récit d'il y a près de trois mille ans ? L'âme survivant après avoir quitté le corps, le sentiment de se trouver dans un lieu divin, la rencontre avec d'autres âmes, la mission de messager de l'au-delà pour l'édification des hommes, enfin cette lumière d'une extrême brillance et qui cependant n'éblouit pas celui passé dans l'au-delà ?

Il faut également souligner que tous les traits communs aux messages en TCI et aux récits de NDE se jouent entièrement des croyances religieuses, du classement socioculturel, de l'âge et du vécu antérieur des messagers et des rescapés. Ils les transcendent et les ignorent. La concordance, sur des points substantiels, entre nos merveilleux messages de TCI et les comptes rendus de NDE apparaît donc, elle aussi, tout à fait certaine.

## *Clairaudience et écriture automatique*

La concordance entre la teneur des messages enregistrés par TCI et de ceux captés par clairaudience ou écriture automatique est d'emblée éclatante. La clairaudience, je le rappelle, est la faculté réservée à certains d'entendre dans leur mental les propos d'affection et de réconfort qui leur parviennent épisodiquement de leurs disparus[1]. L'écriture automatique, de même caractère, se manifeste différemment ; le récepteur n'entend pas directement les propos du disparu, il les capte par une intuition ou télépathie instinctive. Elle guide à son insu sa main sur le papier[2]. La seule différence entre

1. Cf. Monique Simonet, *Et l'ange leva le voile, op. cit.*, où la clairvoyance de l'auteur se révèle édifiante ; cf. encore Philippe Ragueneau, *L'autre côté de la vie*, Éditions du Rocher.

2. Chez les grands messagers de l'écriture automatique, on doit citer le jeune officier Pierre Monnier tué en janvier 1915, cf. E. Monnier, *Lettres de Pierre*, réédition Lanore et Sorlot, 7 volumes ; un autre grand communicateur par écriture automatique, le jeune Roland de Jouvenel mort en 1946, dont les messages, également d'une grande spiritualité et actualité, n'ont pas pris une ride et, comme ceux de Pierre, gardent le même succès d'édition depuis l'origine : R. de Jouvenel, *Au diapason du ciel, En absolue fidélité*, etc., 6 volumes, Éditions Lanore et Sorlot.

Il faut citer encore le récent ouvrage renversant, *Dites-leur que la mort n'existe pas*, constitué de messages de Jean Winter et Gérald de Dampierre reçus par écriture automatique et commentés par François Brune, *op. cit.*

ces deux modes de communication réside dans la longueur des messages, plus importante en écriture automatique. La valeur des communications reçues par l'un ou l'autre de ces deux modes réside bien sûr dans leur vérité éprouvée et leur qualité. Aussi dans le sérieux ou la réputation de leurs récepteurs — tels ceux, non contestables, cités ci-dessus.

Les messages qu'ils délivrent sont, pour l'essentiel, de même teneur que ceux obtenus par TCI — ce qui est logique, puisque étant de même origine :

— révélation de l'existence poursuivie du disparu ;

— manifestation de l'amour resté intact pour les proches ici-bas ;

— propos habituels de bonheur, ainsi que d'encouragement et de réconfort aux endeuillés ;

— enfin, recommandations utiles ou concrètes de conduite à ceux d'ici-bas.

Ces contacts par clairaudience et écriture impulsive, connus depuis une époque récente, sont la plupart du temps spontanés, imprévus, ils s'exercent en somme au corps défendant de leurs heureux et assez rares récepteurs parmi nous. Tandis que la TCI, reposant sur un appareillage disponible, utilisé délibérément et à son choix par l'endeuillé, permet aujourd'hui des contacts plus probables et plus sûrs. Ce qui n'implique pas qu'ils aient toujours lieu ou soient d'une grande facilité — nous avons vu les efforts de concentration et de méthode qu'ils imposent.

Enfin, avec quel éclat la TCI corrobore-t-elle mais déborde-t-elle ces autres types de contacts, en gardant les traces et preuves indélébiles des propos entendus et enregistrés. Quand ce ne sont pas, comme le lecteur l'a constaté, les termes ou expressions préférés du disparu, ou son vécu personnel, ou encore son timbre de voix eux-mêmes, conservés définitivement et réécoutables à tout instant. L'excellence inégalée à ces égards de la TCI pour les endeuillés n'est pas niable.

## *Spiritisme*

La TCI présente aussi, c'est certain, des points de concordance non négligeables avec le spiritisme. De pratique ancienne remontant à l'Antiquité, le spiritisme consiste, comme chacun sait, à entrer en contact avec des esprits par l'entremise de tables qui bougent, de coups frappés, de crayons associés à des corbeilles se déplaçant sur une feuille de papier, etc. Mais dans ses observations et pratiques les plus évoluées et dépouillées, le spiritisme se réclame aussi des phénomènes de médiumnité, de clairaudience ou d'écriture automatique analysés précédemment.

Quelles que soient les méthodes utilisées, c'est le mode rigoureux de leur déroulement et la pensée sans parti pris des participants qui doivent signer la validité des séances. Ce fut le cas de celles dont, nous dit Léon Rivail, alias Allan Kardec, il retint les enseignements pour les consigner dans ses ouvrages[1]. Cela nonobstant les moqueries et quolibets dont il fut accablé à l'époque. À la lumière des multiples réponses obtenues des esprits, sur les sujets les plus divers, Kardec a établi une « doctrine ». Cette doctrine reproduit, sur chaque point abordé, le point de vue exclusif ou dominant des esprits interrogés. Kardec ne se prive pas d'interpeller les esprits sur des questions métaphysiques, religieuses ou

1. Allan Kardec, *Le livre des Esprits*, *Le livre des Médiums*, Éditions Dervy-Livres, Éditions de Mortagne, et d'autres encore.

philosophiques majeures auxquelles les réponses fournissent la base de la doctrine du spiritisme.

La recherche de l'opinion dominante sur divers sujets de ceux passés dans l'au-delà et l'élaboration consécutive d'une doctrine ne me paraissent ni instructives ni souhaitables en TCI. Outre le caractère bien aléatoire de telles conclusions, l'objectif essentiel de la TCI doit rester ce qui consacre sa valeur incomparable : procurer aux endeuillés accablés un authentique réconfort par la révélation de la survie et de l'amour de leurs aimés, par les propos personnels échangés qui les identifient et manifestent leur bonheur et leurs préoccupations.

La TCI est une pratique expérimentale d'un mode de contact personnel et vivant avec chacun de nos disparus. Son développement doit principalement s'accomplir par la recherche de l'amélioration technique des contacts, pas en vue de l'établissement d'une doctrine.

Ceux qui se serviraient de la TCI pour tenter d'en tirer une pseudo-doctrine formulant des conceptions ou principes de nature métaphysique ou philosophique nuiraient lourdement, à mon sens, à l'objectif fondamental de la TCI et à sa crédibilité.

Sans aucun doute, on peut aussi, par transcommunication instrumentale, interroger nos disparus sur le sens de la vie, la création, la naissance et l'évolution future des âmes. Chacun peut tenter de s'y livrer mais je doute qu'on obtienne sur de telles questions, provenant d'un domaine d'espace-temps plus élevé mais encore proche du nôtre — ainsi que les merveilleux messages concrets que nous recevons en témoignent —, des réponses éclairantes et surtout concordantes de nos disparus. Car ils ont gardé chacun, indépendamment de leur vécu présent dans leur dimension, leur tempérament et sans doute une part notable de leurs convictions. C'est d'ailleurs ce qui se produit par exemple à propos de la réincarnation, sujet sur lequel les réponses reçues de nos disparus vont de l'approbation certaine à la claire négation [1].

De plus, ces sujets n'ont plus rien à voir avec les propos et le ressenti concrets et vérifiés — ou vérifiables — de la TCI, qui procèdent du vécu ancien ou récent (ou même futur) du disparu ou des siens. Et dont l'objet fondamental, comme notre expérience et celle de nombreux amis nous en ont instruits, est et doit rester de rassurer et apaiser individuellement les familles endeuillées. La TCI est un moyen inédit et inespéré d'apporter paix et réconfort à ceux d'ici-bas, en l'attente des retrouvailles avérées (si espérées de part et d'autre), ce n'est pas un instrument pour établir des doctrines et construire des sectes.

Ceci précisé, j'admets qu'il y a, sur les autres sujets et aspects abordés lors des séances spirites « kardécistes », certaines corrélations avec la teneur particulière de nombre de messages que nous avons reçus en TCI ; je les relève : le langage en rapport parfait avec le caractère du disparu tel qu'on le connaissait ; l'évocation de choses ou souvenirs privés, de circonstances de famille qui n'étaient connues que de l'interlocuteur invisible ; le sentiment et même l'affirmation (en matière spirite) de

1. Car au contraire de la survie immédiate de la conscience, réalité formidable aujourd'hui prouvée par la TCI, le problème de la réincarnation ultérieure de cette conscience dans un autre corps terrestre reste très controversé. Les thèses pour et contre contiennent l'une et l'autre des arguments sérieux quoique passionnés. Il est possible au demeurant que les uns et les autres aient à la fois tort et raison, si l'on se range à une troisième thèse assez crédible selon laquelle la réincarnation peut se produire mais de façon tout à fait exceptionnelle, délibérément en mission d'assistance ou de rachat. C'est, semble-t-il, la position du messager par écriture intuitive Pierre Monnier *(op. cit.)*.

l'existence divine ; la conservation par chaque âme de son individualité ; le trouble ou l'égarement qui suit la mort se révèle beaucoup plus court chez ceux « qui de leur vivant s'étaient identifiés à leur état futur », qui croyaient à l'existence ou du moins à la possibilité de la survie (immédiate) de leur âme ; l'aptitude des disparus à voir ce que nous faisons — mais chacun ne voit que les choses sur lesquelles il porte son attention, il ne s'occupe pas de celles qui lui sont indifférentes.

Sur ces aspects concordants, la méthode spirite aura été en quelque sorte, il faut le reconnaître, un précurseur de la TCI. Mais si éloquentes soient-elles, les réponses obtenues par coups frappés ou déplacement d'un curseur ne peuvent susciter l'émotion et asséner les certitudes des communications par TCI. La forme trop impersonnelle et sans vie de ces messages ne peut emporter la même adhésion et le même bouleversement que la voix et les mots eux-mêmes entendus du disparu.

Accompagnateurs anciens (signes, clairvoyance, NDE), ou précurseurs (méthodes spirites), ces phénomènes et techniques auront à leur manière préfiguré l'émergence de la TCI. Le surgissement contemporain de ce mode de contacts d'une nature et d'une authenticité inédites ayant de surcroît une portée incalculable.

# Conclusion

Par ses révélations limpides et indéniables, la TCI a changé notre vie. Accablés d'un étouffant désespoir, nous ne donnions plus cher de notre existence, malgré l'exigence morale et sentimentale de continuer à vivre pour notre petit-fils. La TCI ne nous a pas seulement redonné la force de vivre, elle a pleinement légitimé notre existence. Nous n'avons pas œuvré pour rien, nous n'avions pas vainement aidé et soutenu jusqu'à l'âge de 30 ans un être apparemment disparu, nous n'avions pas aimé pour rien.

C'est le grand message que le lecteur doit retenir, qu'il ait rencontré hier, ou qu'il rencontre demain un drame semblable au nôtre, auquel tant d'entre nous sont confrontés. Ou qu'il se trouve, plus inévitablement encore, confronté tôt ou tard à la disparition de l'être aimé, compagnon ou parent le plus cher.

Si l'on a la volonté et si l'événement n'est pas trop éloigné dans le temps, que l'on tente des contacts en TCI, sans s'obnubiler sur le résultat à obtenir à tout prix. La patience et le calme sont, on l'a vu, des conditions importantes de la réussite. Elles ne sont pas les seules, puisqu'il arrive parfois à des endeuillés, tels certains que nous avons aidés à retrouver l'apaisement, d'avoir tenté des contacts sans succès. Ceci pour des raisons que l'on ignore, soit tension excessive, soit écoute trop rapide ou superficielle, soit impossibilité de nouer la communication. Il est inutile en ce cas de se perdre en conjectures, puisque nous ne savons rien des difficultés, à coup sûr énormes comme ils nous le disent, de nos disparus à nous faire passer leurs messages. Mais la chose certaine, comme tous les messages reçus le prouvent avec éclat, est que tous nos disparus, quels qu'ils soient, survivent. Et qu'ils nous le font savoir avec joie la plupart du temps.

Quels que soient les faits de la vie passée, de la vie présente — et même future — évoqués dans les messages, quels que soient les sentiments ou souvenirs exprimés, leur premier point commun essentiel est l'identification indubitable de leur auteur, qui nous rend la vie en nous révélant la leur. Leur vie immédiatement et inexorablement poursuivie.

Le second aspect essentiel révélé par la TCI est que tous ces propos sans distinction nous délivrent en priorité, explicitement ou implicitement, des messages contenant une immense charge affective, quand ce ne sont pas tout simplement des messages d'amour. Quels que soient les phrases prononcées et les sujets traités, leur seul lien commun est la volonté de nous communiquer, en même temps que l'information fournie, l'expression de leur amour resté intact. Cet aspect, dont l'importance se révèle fondamentale pour nous, n'est pas forcément celui sur lequel nous aurions mis le plus d'espoir. Et pourtant, cet amour est là, d'une présence et d'une puissance inégalées. Ces messages d'amour resté indestructible, c'est à l'évidence le principal lien et l'ardente raison de nos contacts. Et finalement, sans doute, de notre existence, de leur existence poursuivie, de notre existence en général.

Car cette réalité de l'amour exprimé par nos disparus ressort non seulement de tous les messages que nous avons reçus et dont le lecteur a pu juger, mais aussi de la grande majorité des messages recueillis en TCI par tous les amis transcommunicateurs que nous connaissons. Car il n'est pas à cet égard un cas particulier, il entre dans la norme habituelle et participe aux discours explicites ou sous-jacents que tiennent nos disparus à ceux qui les ont tant aimés.

Ce message intense d'amour, exprimé ou suggéré à tout instant sous des formes si diverses par nos aimés, nous ferait presque oublier la persévérance confondante de leur intelligence et de leur personnalité, dévoilées par tous leurs messages. Ceux-ci, quoique toujours en rapport avec la question posée — du moins s'agissant des réponses sur interrogations — sont toujours inattendus et souvent stupéfiants dans leur forme ou leur contenu.

Et sans oublier encore leurs autres capacités prodigieuses : clairvoyance, précognition dans de nombreux cas, mémoire stupéfiante des faits passés malgré leur caractère parfois infime — dont certains étaient même complètement sortis de notre esprit... À quoi s'ajoutent, comme on l'a vu, la voix correspondant toujours au sexe de la personne interpellée, les enregistrements épisodiques hors de toute séance et interpellation, certaines modifications de messages après enregistrement... En bref, les difficultés de nos aimés à nous contacter n'ont d'égales que leurs capacités multiples, manifestées d'une manière ou d'une autre, devant lesquelles l'opérateur reste ébahi.

Ce que nous apporte la fantastique réalité de la TCI, c'est d'abord la preuve de la survie de nos aimés, avec toute leur intelligence et leur conscience et leur volonté constante de nous le faire savoir avec amour. Tous leurs messages témoignent qu'ils se savent bien vivants dans une autre dimension, leur existence n'étant autre que celle de leur conscience qui représente et contient désormais tout leur être. À eux aussi doit s'appliquer en premier lieu le « Cogito ergo sum » de Descartes. Et si l'on suit nos physiciens avancés, c'est à eux d'abord que doit s'appliquer cette maxime, à eux dont la conscience totale et permanente surplombe la nôtre, provisoire et semble-t-il incomplète.

L'impact sur nous des messages reçus en TCI est tel qu'ils sont ressentis plus véridiques que nombre de nos entretiens avec nos contemporains.

Cette survie consciente et forte de l'être comme de l'amour de nos disparus est le vrai réconfort que ceux-ci, aujourd'hui par le moyen de la TCI, apportent aux endeuillés ainsi qu'à l'humanité en général. Comme leurs propos l'impliquent pleinement — et comme certains le disent exactement —, ceux d'ici-bas doivent continuer à vivre sereinement leur existence dans l'attente du jour que le destin leur aura fixé.

Lors du passage inéluctable que nous devons tous franchir un jour, certains, tout à fait étrangers à la notion de survie, restent égarés dans leur nouvelle dimension d'existence ; d'autres, plus avertis, en ayant acquis la certitude ou en admettant du moins l'hypothèse, se montrent aussitôt lucides et sereins. Et même heureux en dépit le cas échéant du caractère dramatique de leur disparition — comme ma femme et moi avons pu en juger personnellement. Il est donc essentiel, pour ceux d'ici-bas, de prendre conscience de cette réalité, afin de se persuader et de s'imprégner de la notion de leur survie ultérieure immédiate, ceci pour éviter de se retrouver, après leur franchissement du voile, dans un néant ou un trouble durable. Ceci dans leur intérêt majeur il va sans dire, mais aussi dans l'intérêt des leurs restés ici-bas qui se trouveront réconfortés par cette pensée et peut-être par les contacts de TCI qu'ils auront obtenus.

La survie de l'âme, si naturellement prouvée par la TCI, nous apporte aussi la justification de sa pérennité : qu'il s'agisse de personnes disparues depuis douze ans ou même depuis soixante ans, comme notre expérience nous a permis de le constater, qu'il s'agisse de personnes ayant vécu il y a deux siècles et dont des messages auraient été récemment captés[1]. Je ne m'aventurerai pas à clamer que notre âme est immortelle mais il faut admettre que cela y ressemble fort.

J'ai écrit ce témoignage pour les endeuillés, à quelque catégorie ou confession qu'ils appartiennent, pour les aider à trouver un apaisement et une espérance auxquels beaucoup d'entre eux avaient certainement renoncé de façon définitive. J'ai souligné que, bien qu'étant chrétiens, mon épouse et moi n'avons jamais fait intervenir, dans toutes nos expériences en TCI, le moindre concept religieux. Dieu n'a été évoqué qu'une fois dans les questionnements, et la réponse nous a d'ailleurs ravis. S'il a été souvent invoqué, c'est dans nos prières comme on peut l'imaginer, donc hors de toute séance de transcommunication et de toute explication ou commentaire à ce propos.

Ceci rappelé, il n'aura sans doute pas échappé au lecteur que des critères fondamentaux de la religion, chrétienne en particulier, se retrouvent dans les messages reçus : l'évidente survie de l'âme du disparu ; son amour indéfectible pour nous et pour les siens ; son souci d'aider les autres. On ne peut certes réduire la religion à ces seuls aspects, si importants soient-ils. D'autant qu'en

1. Cf. *Les morts nous parlent, op. cit.*, p. 38 et 39, cas du chimiste français Henri Sainte-Claire Deville, mort en 1881.

ce qui concerne l'amour des autres et la résolution de les aider, nombre d'athées ou d'agnostiques les partagent assurément. Je me devais toutefois de souligner ces trois points, que l'on retrouve clairement ou de façon feutrée dans la plupart des messages, pas seulement ceux que nous avons personnellement recueillis, mais aussi la majorité de ceux captés en provenance de disparus de toute conviction ou confession, par d'autres endeuillés. De ces trois points importants je ne tirerai pas d'autres conclusions, les laissant à la réflexion et à l'appréciation de chacun.

Une autre question intéressante est celle posée par l'expression aujourd'hui courante : « faire son deuil ». Cela signifie, on le sait, accepter au bout d'un temps la disparition de l'être aimé et finir par s'y résigner — souvent mal. Récemment, une conversation nouée avec une jeune femme m'avait amené à l'entretenir quelques instants de la transcommunication et des horizons magnifiques qu'elle nous avait ouverts. Notamment par l'apaisement et l'espoir qu'elle nous avait apportés. En dépit de la sérénité que j'affichais et dont j'expliquais les motifs, elle finit par me déclarer tout de go : « Mais alors, vous n'avez pas fait votre deuil ? » À ses yeux, « faire son deuil » signifiait nécessairement que l'on dût se résigner à la destruction complète corps et âme de l'être aimé, faute de quoi on restait un pauvre hère. Elle n'avait pas compris que faire son deuil, c'est accepter et admettre, mais pas forcément dans le désespoir ou le dégoût de l'existence désormais privée de sens.

Si le sujet n'était aussi grave, j'aurais pris pour une aimable joyeuseté la réflexion naïve et convaincue de mon interlocutrice. À ce nouvel exemple, on voit les ravages qu'un matérialisme triomphant, se substituant à un sain réalisme, peut faire aujourd'hui dans l'esprit d'individus apparemment sensés.

La TCI nous révèle également autre chose, du moins elle nous le laisse assez clairement entendre : ceux que certains qualifient d'anges gardiens avec ferveur ou une pointe d'idéalisme me paraissent être tout simplement et merveilleusement nos aimés disparus. Ils en remplissent admirablement et pleinement le rôle, leurs messages en attestent absolument.

Bien entendu, il ne peut être conseillé aux personnes qui, indépendamment de leur détresse, seraient atteintes de troubles psychologiques ou physiologiques graves, de se livrer à des expériences de TCI. Celles-ci ne pourraient que les perturber plus gravement et n'auraient certainement, contrairement à l'objectif poursuivi, aucun résultat.

En raison de la nouvelle fantastique qu'apporte la TCI et du réconfort immense qu'elle peut procurer, en raison aussi de sa connaissance et de son développement qui ne vont pas manquer de s'accélérer, il est évidemment à craindre que des charlatans s'en mêlent pour tenter d'en tirer profit. Comme chaque fois qu'une nouveauté peut intéresser un large public. À chacun de rester vigilant, en refusant de tomber dans le piège grossier de pseudo-réponses mirifiques obtenues hors de sa présence ou dans des conditions douteuses. Les plus sûrs et authentiques contacts sont ceux que l'on obtient soi-même dans l'intimité de son lieu d'existence ou de résidence, cela va de soi ; ceux-là sont incontestables et d'autant plus roboratifs.

Ceci n'interdisant pas d'assister à des séances d'information voire d'essais organisées par certaines associations qui ont fait la preuve de leur désintéressement et de leur rigueur, notamment lorsque l'endeuillé ne se sent pas le courage ou la patience d'entamer lui-même le contact avec le disparu, difficulté toujours délicate à surmonter. Mais, à l'exception des informations concernant les matériels et leur mode d'utilisation, les essais en groupe, c'est-à-dire en présence d'un certain nombre d'autres personnes, qui peuvent d'ailleurs apporter d'emblée une merveilleuse révélation, doivent rester isolés. L'endeuillé doit trouver lui-même la force de faire seul des tentatives de contacts. Si le courage lui fait défaut, il devra se ressaisir en sachant désormais que la TCI a établi la réalité de la survie et de l'affection de son ou ses aimés disparus.

En ce qui concerne mon épouse et moi, la réalité de nos expériences et de nos résultats appuyés par nos enregistrements objectifs — pouvant être réécoutés, pour un peu plus de bonheur ou pour rafraîchir la mémoire — a véritablement bouleversé notre existence. Nous ne nous sommes pas dupés nous-mêmes — je me suis expliqué à ce sujet à plusieurs reprises —, cela était d'ailleurs impossible dans les conditions où nous avons opéré. De plus, si même nous avions été assez fous pour orienter ou falsifier nos propres résultats, il en est un que nous n'aurions jamais osé égarer ou mimer si peu que ce soit : notre fils Pascal.

Car c'est bien avec l'existence elle-même de nos disparus, représentés par leur conscience vivante, que nous entrons en communication par la TCI. Ce sont sa personne et son intégrité mêmes qu'il nous faut ménager et respecter au plus haut point. Dans notre cas personnel, nous aurons plus tard un futur premier témoin de nos chaleureuses expériences, en la personne de notre petit-fils. Celui-ci, l'âge venu, sera à même de découvrir l'extraordinaire certitude de la survie de son papa, à l'écoute des cassettes enregistrées au long de onze années de notre vie (pour le moment). De notre vie et de celle, maintenant avérée, de Pascal.

Un point intéressant serait encore de savoir quel type de lien permet, dans les conditions encore difficiles que nous connaissons — en l'état actuel des appareils techniques ainsi que des connaissances scientifiques —, le contact entre nos deux espaces-temps. Si l'on en croit la tradition fondée sur des conceptions anciennes et les propos tenus par des grands communicateurs — par écriture automatique notamment, comme évoqué plus haut —, c'est une sorte de cordon fluidique qui constituerait le canal par lequel s'effectuent les contacts, par TCI ou autrement. Cette image ne paraît pas tellement absurde à y regarder de plus près, si l'on se réfère à ce qu'énoncent nos physiciens avancés. Il faut bien que la conscience globale extérieure et pérenne de nos disparus, évoquée par ces physiciens et nettement avérée par la TCI, emprunte un mode de liaison avec nos consciences partielles et provisoires (toujours selon ces physiciens). Alors, si inexploré et complexe que soit ce lien reliant la trame du tapis au tapis lui-même (comme joliment énoncé par Costa de Beauregard et de grands scientifiques d'outre-Atlantique), pourquoi ce lien ne serait-il pas un canal propre à chacun de nos disparus, qu'on le baptise fluidique, particulaire ou autrement ?

Sans entrer dans ces détails techniques qui dépassent mes compétences — et qui sont pour le moment en dehors de toute recherche scientifique approfondie, officiellement organisée peut-être dans le futur —, il faut constater qu'à quelques rares incertitudes ou exceptions près quant à l'origine des voix reçues en TCI, ce sont bien celles des disparus interrogés qui s'expriment et le prouvent de multiples façons, comme observé dans nos messages. Dès lors, il semble très probable que le canal utilisé par chacun de nos disparus pour nous transmettre son propos lui soit tout à fait personnel et reste toujours le même. Ceci expliquerait la rareté des interférences étrangères dans les messages reçus de nos aimés. Simple hypothèse je l'admets, qui mérite cependant réflexion.

La conscience globale indestructible de nos disparus, aujourd'hui révélée avec tant d'éclat par la TCI, au moment même où nos physiciens avancés en proclament la certitude, est-ce donc ce légendaire double du corps physique, ce fameux « corps astral » affirmé par une tradition plus de deux fois millénaire ? C'est évidemment le cas.

Cette conscience impérissable de l'individu, Régis Dutheil[1] lui décerne en quelques mots ses lettres de noblesse : « Partout la conscience semble être le noyau central de la réalité ; elle est peut-être la seule réalité possible. »

On pourrait aussi s'interroger sur la raison pour laquelle, aujourd'hui seulement après des milliers d'années d'existence et de civilisation, notre société humaine reçoit la révélation, que ce soit par la TCI ou par les NDE par exemple, de la survie de ses disparus et de l'amour indestructible qu'ils lui vouent. Ne serait-ce point parce que l'évolution technique de nos civilisations et leur pouvoir destructeur, considérable au regard de leur progrès moral quasiment nul — tous les conflits multipliés et les injustices individuelles ou planétaires constantes en témoignent —, rendent de plus en plus dangereux et aléatoires l'avenir et l'existence de notre planète ?

Et dans cette hypothèse, quelle puissance, quelle conscience supérieure, aurait organisé ou facilité l'apparition de ces phénomènes éclairants ? On peut penser à Dieu ou en tout cas à cette conscience cosmique totale postulée par les scientifiques avancés. Et en raison des capacités confondantes de nos disparus qui déclarent nous aider de nombreuses façons, on peut se demander si ces révélations et la prise de conscience spirituelle

1. *L'homme superlumineux, op. cit.*

qu'elles vont nécessairement entraîner sur notre terre ne sont pas le fait des efforts conjugués de nos disparus. Ce serait la sonnette d'alarme destinée à écarter le risque d'anéantissement de notre monde. Ce pouvoir de nos disparus, du moins les plus évolués et dynamiques, ne pourrait certainement s'exercer sans l'assentiment de Dieu ou de cette conscience cosmique.

Je reconnais que cette thèse est audacieuse, mais elle me semble aussi crédible que logique. Elle est d'ailleurs moins audacieuse et plus ponctuelle que celle très sérieusement formulée par Rémy Chauvin et François Brune, présumant que toute l'évolution du monde animal et végétal, ainsi que l'évolution géologique de notre planète, seraient l'œuvre conjointe des vivants de l'au-delà et de ceux de ce monde[1]. Quelle que soit l'hypothèse envisagée, il est patent que ces évolutions au niveau de notre planète ne pourraient avoir lieu sans une volonté supérieure.

Quoi qu'il en soit de ces propositions, il reste que l'extrême fragilité de l'avenir humain réside dans le déséquilibre entre un mécanisme triomphant et une renonciation à toute spiritualité. Pourtant, il y a soixante ans déjà, beaucoup d'esprits distingués mettaient en garde nos sociétés. Entre autres, Alexis Carrel[2] qui écrivait : « Depuis la Renaissance, nous avons fait l'erreur de donner arbitrairement une situation privilégiée à certains aspects de nous-mêmes. Nous avons séparé la matière de l'esprit. Nous avons attribué à l'une une réalité plus profonde qu'à l'autre. » Il ajoutait : « L'attention de l'humanité doit se porter des machines et du monde physique sur le corps et l'esprit de l'homme. »

1. *À l'écoute de l'au-delà*, *op. cit.*, p. 257.
2. Physiologiste et médecin, prix Nobel 1912, auteur du best-seller mondial *L'Homme, cet inconnu*, Éditions Plon, 1936.

Il n'en a rien été, l'indispensable pragmatisme de nos sociétés n'a cessé de se muer en un matérialisme qui a étouffé toute recherche et tout souci de connaissance sur la nature et l'origine de l'esprit humain. À part certaines religions et aujourd'hui d'éminents chercheurs européens dont les conclusions recoupent celles de grands astrophysiciens et physiciens de Princeton et de Pasadena.

La mort est restée considérée comme une fin au-delà de laquelle il n'y a plus « rien à voir » et elle est devenue, chez la plupart de nos contemporains, un sujet interdit, une question prestement — et peureusement — occultée. On s'en rend bien compte dans la vie quotidienne où les deuils sont simplement annoncés, souvent à posteriori, et sont aussitôt évacués dans un silence définitif.

Comme l'écrit Brigitte Dutheil [1], « la mort est devenue un sujet tabou remplaçant la sexualité ». Il est vrai que cette dernière a renversé toutes les barrières tandis que la mort n'a cessé d'en dresser autour d'elle pour éloigner les questions gênantes. Mais il est vrai aussi que la sexualité est un attribut concret de la vie humaine, tandis que la nature et le sens de la mort semblent des valeurs abstraites, apparemment lointaines, dont beaucoup préfèrent détourner leur pensée.

J'ai eu la chance d'appartenir à la catégorie de nos contemporains infiniment curieux d'en savoir plus sur la mort. Ma femme et moi avons hélas été aidés en cela par le drame qui nous a frappés et par la TCI qui nous a dévoilé la réalité de la survie. Cette découverte, le lecteur l'a compris, a changé notre vie pour des raisons évidentes. Elle nous a littéralement sauvés du désespoir ; c'est pourquoi j'espère ardemment que mes lecteurs, dont beaucoup ont été ou seront anéantis par une dispa-

1. *L'homme superlumineux, op. cit.*

rition déchirante, comprendront l'importance de la révélation que nous apporte, aujourd'hui, la TCI. Tous ceux qui cherchaient désespérément des signes ou des éléments présomptifs de notre survie doivent savoir que la preuve concrète en est aujourd'hui apportée. Qu'ils soient ainsi, toutes choses relatives d'ailleurs, sauvés comme nous l'avons été nous-mêmes.

Qu'ils sachent aussi que ce changement de vision à l'égard de notre fils et de la survie a également changé, comme c'est le cas de tous nos amis ayant connu ou expérimenté la TCI, la vision globale de notre existence présente. La pérennité de Pascal, son amour préservé à l'égard des siens mais aussi d'étrangers auxquels il est venu en aide, sa tolérance à l'égard de nos défaillances — qu'il n'a jamais dénoncées ou regrettées —, ses souriants encouragements sur de nombreux sujets, ont également joué un rôle majeur dans le changement de notre mentalité et de notre comportement. C'est une vision entièrement renouvelée de la vie, présente et poursuivie, que nous avons acquise. D'abord celle de l'aimé mais aussi la nôtre dès cet instant et encore dans la perspective des retrouvailles attendues.

Autre certitude : de même que notre regard sur les êtres et les choses les vivifie, de même notre pensée forte et aimante pour nos défunts valorise leur survie et en renforce le potentiel. La vie de Pascal ici-bas avait magnifié notre existence, sa survie l'a définitivement justifiée.

Le choc du drame subi avait, à notre insu et de façon inévitable, chassé de notre esprit et de nos préoccupations tous les petits problèmes matériels ou psychologiques quotidiens auxquels chacun de nous est confronté. Mais la révélation de la survie de Pascal, de tout ce qu'elle implique au présent et au futur, a considérablement renforcé cette attitude mentale : nous ne pouvons échapper aux mesquineries de la vie, fût-ce même en nous y livrant parfois encore à notre corps défendant, mais nous prenons aussitôt conscience de leur vanité. Et surtout du gaspillage d'énergie que ces sujets médiocres ne méritent pas. Notre fils, par l'entremise de la TCI, nous a fait prendre conscience du sens réel de notre vie terrestre, qui est sien de toute éternité : l'amélioration si possible de nous-mêmes, la préparation dans l'amour ou le respect des autres, durant ce bref épisode, à notre réunion avec nos aimés et à notre vie éternelle.

Tels sont l'espoir et l'apaisement que la TCI nous a procurés et que nous souhaitons à tous ceux qui ont entendu notre témoignage. Ils doivent désormais, comme nous-mêmes, recouvrer force et sérénité.

Par la TCI, nous nous sommes retrouvés plus vivants et nous avons découvert notre raison d'être et de survivre. Elle n'est pas notre chasse gardée, tous doivent en prendre conscience désormais. La vie changée, la vie sauvée.

# Bibliographie

*Actualité des religions*, revue, n° 10, novembre 1999.
Aronco (d'), Renata Capria, *Parole e immagini dall'Infinito*, Éditions Méditerranée, 1999.
Bacci, Marcello, *Il mistero delle voci dall' aldila*, Éditions Méditerranée.
Bergson, Henri, *L'Évolution créatrice*, 8e éd. 1998 ; *La Pensée et le Mouvant*, 14e éd. 1999 ; *L'Énergie spirituelle*, Éditions Quadrige-Presses Universitaires de France, 6e éd. 1999.
Brune, François, « Les morts nous parlent », Éditions Philippe Lebaud, 1993 ; avec Rémy Chauvin, *À l'écoute de l'au-delà*, 1999 ; *Les miracles et autres prodiges*, Éditions Le Félin-Philippe Lebaud, 2000 ; « Christ et Karma », Éditions Dangles, 1995.
Capitani, L., et Pagnotta, S., *Terre Tuttora Inviolate*, Éditions Méditerranée.
Carrel, Alexis, *L'homme, cet inconnu*, Éditions Plon, 1935.
Ceruti-Cendrier, Marie-Christine, *Les Évangiles sont des reportages*, Éditions Pierre Téqui, 1997.
Chauvin, Rémy, *La parapsychologie : quand l'irrationnel rejoint la science*, Éditions Hachette, 1980 ; *Le diable dans le bénitier*, Éditions du Rocher, 1999 ; avec François Brune, *À l'écoute de l'au-delà*, Éditions Le Félin-Philippe Lebaud, 1999.
Congrès international de Toluca au Mexique, avril 2000, compte rendu par Didier van Cauwelaert dans *Le Figaro Magazine*, 15 avril 2000.

Costa de Beauregard, Olivier, *Le corps subtil du réel éclaté*, Éditions Aubin, 1995 ; *Le temps des physiciens, la notion du temps, le second principe de la science du temps*, Éditions Aubin, 1996 ; *Le temps déployé : passé, futur, ailleurs*, Éditions du Rocher, 1998.

Darnell, Sinesio, *El mistero de la psicofonia*, Éditions Fausi, 1987.

Dutheil, Régis et Brigitte, *L'homme superlumineux*, Éditions Sand, 1990, réimpr. 1998.

Estep, Sarah Wilson, *Communication avec les morts*, Éditions du Rocher-Âge du Verseau, 1994.

Fonso, Giorgio, « Sette casi di NDE in paesi musulmani : testimonianza e analisi », dans *Visioni oltre il reale*, Atti del 2° Congresso Internazionale di studi delle esperienze di confine, San Marino, 1998.

Giovetti, Paola, *Messages d'espérance*, Éditions Robert Laffont, 1992.

Harsch, Maggy et Locher, Théo, « Les contacts vers l'au-delà à l'aide de moyens techniques existent », numéro hors série de *Parasciences* ; *Au-delà et transcommunication*, Éditions Parasciences, 1995.

Jouvenel (de), Marcelle, *Au diapason du ciel*, Éditions Sorlot et Lanore, 1981 ; *En absolue fidélité*, Éditions Sorlot et Lanore, 1988.

Kardec, Allan (Léon Rivail), *Le livre des esprits*, Éditions Dervy-Livres (1re éd. 1857), 1989.

Kübler-Ross, Elizabeth, *La mort et l'enfant*, Éditions du Tricorne, 1986 ; *La mort est un nouveau soleil*, Éditions du Rocher, 1988.

Marcel, Gabriel, *Journal métaphysique*, Éditions Gallimard, 1997 ; *Le mystère de l'être*, Éditions Présence de Gabriel Marcel, 1997.

Mercier, Evelyn-Sarah et Si Ahmed, Djohar, *Expériences autour d'un miroir*, J.M.G. Éditions, 1998.

Monnier, Pierre, *Lettres de Pierre*, rééd. Lanore et Sorlot.

Monroe, Robert, *Le voyage hors du corps*, Éditions Garancière, 1986.

Moody, Raymond, *La vie après la vie*, Éditions Robert Laffont,

1977 ; *Nouvelles lumières sur la vie après la vie,* Éditions Robert Laffont, 1978 ; *Rencontres,* Éditions Robert Laffont, 1994.

Osis, Karlis, et Haraldsson, E., *Ce qu'ils ont vu... au seuil de la mort,* Éditions du Rocher, 1982.

*Parasciences,* revue, n° 38, novembre 1999.

Pisani, Isola, *Preuves de survie,* Éditions Robert Laffont, 1980.

Prieur, Jean, *Les témoins de l'invisible,* Édition Sorlot et Lanore, réimpr. 1986 ; *La nuit devient lumière,* Éditions Astra, 1986 ; *La mémoire des choses,* Éditions Arista, 1989.

Ring, Kenneth, et Elsaesser-Valarino, Evelyn, *Lessons from the light,* Reading Mass., Perseus Books, 1998.

Rogo, Scott D., et Bayless, R., *Phone calls from the dead,* Éditions Prentice-Hall Englewood Cliffs, New Jersey, 1979.

Schäfer, Hildegard, *Théorie et pratique de la transcommunication,* Éditions Robert Laffont, 1992.

Schiebeler, Werner, *Ainsi vivent les morts,* Éditions Exergue.

Simonet, Monique, *À l'écoute de l'invisible,* Éditions Sorlot et Lanore, 1998 ; *Images et messages de l'au-delà,* Éditions du Rocher, 1991 ; *Porte ouverte sur l'éternité,* Éditions du Rocher, 1993 ; *Réalité de l'au-delà et transcommunication,* Éditions du Rocher, 1994 ; *Et l'ange leva le voile,* Éditions du Rocher, 1998.

Teilhard de Chardin, Pierre, *Rebondissement humain et l'évolution de ses conséquences,* Éditions du Seuil, 1959 ; *Sur le bonheur,* Éditions du Seuil, 1966 ; *Sur l'amour,* Éditions du Seuil, 1967 ; *Être plus,* Éditions du Seuil, 1968.

Van Eersel, Patrice, *La source noire,* Éditions Grasset, 1986 ; *Réapprivoiser la mort. Nouvelles recherches sur l'expérience de mort imminente,* Éditions Albin Michel, 1997.

Winter, Jean, et Dampierre, Gérald de, *Dites-leur que la mort n'existe pas,* commenté par François Brune, Éditions Exergue, 1997.

Wilson, Ian, *Enquête aux frontières de la mort,* Éditions Exergue, 1998.

# Table

*Reproduction et impression Book It !*
*en octobre 2007*
*Éditions Albin Michel*
*22, rue Huyghens, 75014 Paris*
*www.albin-michel.fr*

*N° d'édition : 25681 - N° d'impression : 87253*
*Dépôt légal : mai 2001*
*ISBN : 978-2-226-12532-3*
*Imprimé en France*